글 **허버트 조지 웰스**

과학 소설(SF)로 유명한 영국의 소설가이자 문명 비평가이다. '타임머신'이라는 단어를 처음 사용한 작가로, 과학 소설의 창시자 중 한 명으로 손꼽히고 있다. 또한 역사, 정치, 사회에 대한 여러 장르에도 다양한 작품을 남겼다. 《타임머신》, 《모로 박사의 섬》, 《투명 인간》, 《우주 전쟁》, 《세계사 대계》 등 100권이 넘는 작품을 썼다.

그림 **알레+알레**

이탈리아 출신의 일러스트레이터인 알레산드로 레시스와 알레산드라 판제리이다. 두 사람은 신문에서 잘라 낸 스크랩과 천, 환상적인 그림과 꿈을 결합해서 가상의 현실을 그럴듯하게 구현하는 작업을 즐겨 한다. 국제적인 상을 여러 차례 수상했다.

http://www.aleplusale.com

옮김 **강수정**

연세대학교를 졸업한 후 출판사와 잡지사에서 근무했으며, 현재 전문 번역가로 활동하고 있다. 옮긴 책으로는 《오만과 편견》, 《신도 버린 사람들》, 《모비 딕》, 《태어나서 처음으로》, 《손으로 말하고 슬퍼하고 사랑하고》, 《웨인 티보 달콤한 풍경》 등이 있다.

# THE TIME MACHINE

# 타임머신

**글** 허버트 조지 웰스 | **그림** 알레 + 알레 | **옮김** 강수정

지학사아르볼

# CONTENTS

## 차례

# I

# INTRODUCTION 서문

시간 여행자(이렇게 불러야 그에 대해 얘기하기가 편할 테니까)는 어떤 난해한 문제를 우리에게 설명하는 중이었다. 옅은 회색 눈동자에서는 반짝반짝 빛이 났고 평소 창백하던 얼굴에도 붉은 기운이 돌며 활기가 넘쳤다. 난롯불은 밝게 타올랐고, 은으로 만든 백합 모양의 램프 불은 부드럽게 퍼지며 술잔 속에서 일어났다 사라지는 거품을 비췄다.

우리가 앉은 의자는 그의 특허품이었는데, 앉은 사람을
떠받친다기보다 품어서 어루만지는 듯했다.
저녁 식사 후에 생각이 엄밀함에서 벗어나 유쾌하게
흘러가는 그런 느긋한 분위기였다. 그래서 그가 그렇게, 야윈
집게손가락으로 요점을 강조하며 얘기하는 동안, 우리는
새로운 역설 겉으로는 앞뒤가 맞지 않지만, 실제 내용은 진리를 나타내는 말 (우린
그걸 그렇게 생각했으니까)에 대한 그의 열정과 상상력에
감탄하며 나른하게 앉아 있었다.

"내 얘기를 주의해서 들으셔야 합니다. 거의 보편적으로 인정되는 개념을 한두 가지 반박해야 할 것 같으니까요. 일례로, 여러분이 학교에서 배운 기하학은 오류에 바탕을 두고 있어요."

"우리를 상대로 처음부터 조금 거창한 것 아닌가?" 따지길 좋아하는 빨간 머리 필비가 말했다.

"합리적인 근거도 없이 뭔가를 믿으라고 할 생각은 없어. 곧 내가 원하는 만큼 내 주장을 받아들이게 될 걸세. 아무튼 다들 수학에서의 선, 그러니까 두께가 0인 선이 실제로 존재하지 않는다는 건 아시겠죠. 그렇게 배우지 않았나요? 수학에서의 평면도 마찬가지이고. 이런 것들은 단지 추상적인 개념일 뿐입니다."

"그야 그렇죠." 심리학자가 말했다. "길이와 너비와 두께만 있는 정육면체도 실

제로 존재할 수 없고.”

“그 말에는 동의할 수 없는데요.” 필비가 말했다. “당연히 입체는 존재할 수 있어요. 실체가 있는 모든 것들은…….”

“대부분의 사람들이 그렇게 생각하지. 하지만 이건 어떤가. *순간적인* 정육면체가 존재할 수 있을까?”

“무슨 말을 하는 건지 통 모르겠군.” 필비가 말했다.

## “한순간도 지속되지 않는 정육면체가 실제로 존재할 수 없을까?”

필비는 생각에 잠겼다. “분명한 건,” 시간 여행자가 말을 이었다. “모든 실체는 네 가지 차원으로 확장될 수 있어야 한다는 겁니다. 길이와 너비와 두께, 그리고 여기에 지속 시간이 있어야 해요. 그런데 곧 설명하겠지만, 육체가 지닌 타고난 결함 때문에 우리는 이 사실을 간과하곤 합니다. 아무튼 차원은 사실상 네 가지가 존재하는데, 그중 세 가지는 공간의 평면들이고, 네 번째는 시간이죠. 하지만 앞의 세 차원과 네 번째 차원을 억지로 구분하는 경향이 있어요. 그 이유는 태어나서 죽을 때까지 우리의 의식이 시간을 따라 한방향으로만 단속적으로 움직이기 때문입니다.”

“그건,” 젊은 남자가 시가를 램프 불에 대고 불을 붙이기 위해 안간힘을 쓰면서 말했다. “그야…… 사실상 아주 명백하죠.”

"그런데 그게 너무나 널리 간과되고 있다는 사실이 매우 놀랍다는 겁니다." 시간 여행자가 조금 밝아진 표정으로 말을 이었다.

"사실상 이게 사차원의 의미지만, 사차원에 대해 이야기하면서도 그런 의미라는 걸 모르는 사람들이 있어요. 이건 시간을 바라보는 또 다른 관점일 뿐입니다. *우리의 의식이 시간을 따라 움직인다는 걸 제외하면 공간의 세 차원과 시간은 전혀 다*

*를 바가 없죠.* 하지만 몇몇 어리석은 사람들은 그 개념을 잘못 이해했어요. 여러분들은 그런 사람들이 이 사차원에 대해 뭐라고 하는지는 들어 보셨겠죠?"

"난 못 들어 봤는데요." 시장이 말했다.

"간단히 말하면 이렇습니다. 수학자들이 주장하듯이 공간은 길이와 너비와 두께라고 부르는 세 개의 차원을 가지고 있고, 공간은 항상 서로 직각을 이루는 세 평면의 관계에 따라 결정됩니다. 하지만 철학자들은 예전부터 왜 꼭 *삼차원*인지, 왜 다른 셋과 직각을 이루는 또 다른 방향이 존재하면 안 되는지에 대해 의문을 제기하며, 더 나아가 사차원 기하학을 세우려고 노력해 왔습니다. 사이먼 뉴컴 교수가 뉴욕 수학협회지에서 이걸 설명한 게 불과 한 달쯤 전이에요. 이차원뿐인 평면 위에서 삼차원의 입체 도형을 표현할 수 있는 것처럼, 삼차원 도형으로 사차원 도형을 나타낼 수 있다고 생각하는 것이죠. 투시 화법평면에 입체를 나타내는 방법에 정통하게 된다면 말이에요. 이해하시겠습니까?"

"그런 것 같소." 시장은 우물거리는 소리로 대답하고는 이맛살을 찌푸리며 생각에 잠겼다. 입을 달싹이는 모습이 무슨 신비한 주문이라도 외우는 것 같았다. 그러다 잠시 후에 "그래요, 이제 알 것 같아요." 이렇게 말했고, 빛이 스쳐 가듯 얼굴이 잠시 환해졌다.

"자, 이쯤에서 내가 한동안 이 사차원 기하학을 연구해 왔다고 말해도 좋을 것 같습니다. 그중에 신기한 결과가 몇 가지 있었어요. 예를 들어 어떤 사람의 모습을 여덟 살 때 그리고, 열다섯 살 때 또 그리고, 열일곱 살, 스물세 살, 이런 식으로 계속 그린 초상화가 있다고 해 봅시다. 이것들은 사차원인 사람, 고정불변의 존재인 그 사람을 삼차원으로 표현한 단면들인 게 분명하죠."

시간 여행자는 자신의 말이 어느 정도 이해됐다 싶을 때까지 기다렸다가 말을 이었다. “과학자들은 시간이 공간의 하나일 뿐이라는 걸 너무나 잘 알고 있습니다. 자, 이 기상도는 흔히 사용되는 과학적 도표입니다. 내가 손가락으로 짚은 이 선은 기압계의 움직임을 보여 주는 선이죠. 어제는 매우 높았다가 밤에 떨어졌고, 오늘 아침에 다시 오르면서 이 지점까지 완만하게 상승했군요. 물론 사람들이 인식하는 일반적인 공간의 차원에서 기압계의 수은주가 이런 선을 그린 건 아니죠? 그러나 수은주는 분명히 이런 선을 따라 움직였고, 따라서 우리는 이 선이 시간의 차원을 움직였다는 결론을 내려야 합니다.”

“하지만,” 의사는 난로 속의 석탄을 물끄러미 바라보며 말했다. “시간이 정말로 공간의 네 번째 차원이라면, 왜 사람들은 시간을 공간과 다른 것으로 간주하는 걸까? 지금까지도 늘 그래 왔지 않나. 그리고 공간의 다른 차원에서는 자유롭게 움직이는데, 시간 속에서는 왜 그렇게 움직일 수 없는 걸까?”

시간 여행자는 미소를 지었다. “우리가 공간 속에서 자유롭게 움직일 수 있다고 확신하시는 겁니까? 좌우로는 가능하고 앞뒤로도 늘 자유롭게 움직여 왔죠. 이차원에서 우리가 자유롭게 움직인다는 건 인정합니다. 하지만 위아래는 어떤가요? 우리는 중력의 제한을 받지 않습니까?”

“꼭 그런 건 아니지.” 의사가 말했다. “기구(氣球)가 있잖아.”

“하지만 기구가 생기기 전에는 어쩌다 펄쩍 뛰어오르거나 기복이 있는 지표면을 움직일 때가 아니면 사람은 수직 방향으로 자유롭게 움직일 수 없었습니다.”

"그래도 위아래로 어느 정도는 움직일 수 있었지."

의사가 말했다.

"그리고 시간 속에서는 전혀 움직일 수가 없지. 현재의 순간에서 벗어날 수 없으니까."

"바로 그 점이 선생께서 잘못 알고 있는 부분입니다. 온 세상이 잘못 알아 온 부분이죠. 우리는 늘 현재의 순간을 벗어나고 있습니다. 비물질적이며 차원이 없는 존재인 우리의 정신은 요람에서 무덤까지 일정한 속도로 시간의 차원을 따라 나아갑니다. 우리가 지표면에서 80킬로미터 떨어진 곳에서 존재하기 시작했다면 *아래*로 내려와야 하는 것과 마찬가지죠."

"하지만 여기서 커다란 난관이 있습니다." 심리학자가 끼어들었다. "공간의 경우 모든 방향으로 움직이는 게 *가능한* 반면, 시간 속에서는 돌아다닐 수가 없다는 겁니다."

"바로 거기서 나의 위대한 발견이 싹텄습니다. 그리고 시간 속에서 돌아다닐 수

없다는 말은 틀렸어요. 예를 들어, 어떤 사건을 아주 선명하게 떠올린다면 그 사건이 일어났던 때로 돌아가는 것이니까요. 흔히 하는 말로 멍한 상태가 되는 거죠. 순간적으로 과거로 훌쩍 돌아간 거예요. 물론 일정 기간 동안 과거에 머물 방법은 없습니다. 미개인이나 동물이 지표면에서 2미터 높이에 머물지 못하는 것처럼 말이죠. 하지만 이 방면에서 문명인은 미개인보다 훨씬 더 뛰어납니다. 기구를 타고 중력을 거슬러 위로 올라갈 수 있으니까요. 그렇다면 궁극적으로 시간의 차원에서도 이동을 멈추거나 속도를 높이거나, 심지어 방향을 바꿔 뒤로 돌아갈 수도 있을 거라고 기대하지 못할 이유가 있을까요?"

"아니 *이건*, 도통……." 필비가 입을 열었다.

"안 될 게 뭔가?" 시간 여행자가 말했다.

"상식에 어긋나잖아." 필비가 말했다.

"어떤 상식?" 시간 여행자가 물었다.

"자네가 검은색을 흰색이라고 논증할 수는 있어도, 나를 납득시키지는 못할 거야." 필비가 말했다.

"어쩌면 그럴지도 모르지." 시간 여행자가 말했다. "하지만 이제 내가 사차원 기하학을 연구한 목적은 이해하게 됐을 거야. 나는 오래전에 어렴풋이 어떤 기계를 떠올렸는데, 이 기계는……."

"시간 여행을 할 수 있는!" 젊은 남자가 외쳤다.

"운전자가 정하는 대로 시공간의 어느 방향으로나 움직일 수 있겠지."

필비는 웃음을 터트리는 것으로 말을 대신했다.

"하지만 내게는 실험으로 입증된 증거가 있습니다." 시간 여행자가 말했다.

"역사가한테는 더없이 편리하겠군요. 과거로 돌아가서 역사적 기록이 정확한지를 확인할 수 있을 테니까요. 이를테면 헤이스팅스 전투1066년에 영국 헤이스팅스에서 노르망디 공국의 윌리엄 대공과 잉글랜드 왕 해럴드의 군대가 맞붙은 전투 같은 것도!" 심리학자가 말했다.

"사람들의 이목을 끌게 될 거라고 생각하지 않나?" 의사가 말했다.

"우리 조상들은 시대에 맞지 않는 것에 대해 그리 너그럽지 않았으니까."

"다른 누구도 아닌 호메로스와 플라톤에게서 그리스어를 배울 수도 있겠네요." 젊은 남자의 생각이었다.

"그랬다가는 학위 예비 시험에서 낙제를 면치 못할걸. 그리스어는 독일 학자들이 연구하면서 많이 달라졌으니까."

"그렇다면 미래로 가면 되죠." 젊은 남자가 말했다. "생각해 보세요! 재산을 전부 투자해서 이자가 쌓이도록 해 놓고 서둘러 미래로 가는 거예요!"

"그랬다가 철저한 공산주의 이념 위에 세워진 사회를 만난다면." 내가 말했다.

“하고많은
무모하고
허황된
이론들 중에서
하필이면!”

심리학자가 말했다.

“그래요, 내가 보기에도 그랬고, 그래서 그것에 대해 지금껏 한 번도 얘기를 하지 않았던 건데…….”

“실험으로 입증된 증거!” 내가 목소리를 높였다. “그걸 입증하겠다는 건가?”

“실험이라니!” 머릿속이 어수선해진 필비가 외쳤다.

“아무튼 당신의 실험이라는 걸 어디 한번 봅시다.” 심리학자가 말했다. “그래 봐야 전부 허튼 속임수겠지만.”

시간 여행자는 우리를 둘러보며 미소를 지었다. 그러더니 희미한 미소를 그대로 머금은 채 바지 주머니에 손을 깊이 찔러 넣고 천천히 밖으로 걸어 나갔다. 연구실까지 긴 복도를 따라 슬리퍼를 끌며 걸어가는 소리가 들려왔다.

심리학자는 우리를 쳐다봤다. “무슨 속셈인 걸까요?”

“교묘한 속임수나 뭐 그런 거겠지.” 의사가 말했다. 그러자 필비가 버슬렘에서 본 마술사 얘기를 하려 했다. 하지만 미처 본론에 들어가기도 전에 시간 여행자가 돌아와서 필비의 이야기는 중단되고 말았다.

# II

시간 여행자가 손에 들고 있는 것은 번쩍이는 금속으로 만든 장치였다. 크기는 작은 시계만 했고, 대단히 정교하게 만들어져 있었다. 안쪽에는 상아가 보였고, 뭔가 투명한 결정체가 들어 있었다. 이제 나는 모든 걸 숨김없이 말해야 하는데, 지금부터 이어지는 내용은 (그의 설명을 받아들이지 않을 경우) 도저히 이해할 수 없는 이야기이기 때문이다. 그는 밤 안에 여기저기 흩어져 있던 조그만 팔각형 테이블 가운데 하나를 벽난로 앞으로 가져와서, 난로 깔개 위에 다리 두 개가 걸쳐지도록 그걸 내려놓았다. 그러고는 테이블에 그 기계 장치를 놓고 의자를 끌어다 앉았다. 테이블 위에 있는 다른 물건이라곤 갓을 씌운 작은 램프뿐이었고, 램프의 밝은 빛이 그 장치를 비추었다. 또 방에는 열두 개 정도의 양초가 있었다. 두 개는 벽난로 선반 위의 놋쇠 촛대에 세워져 있고 벽에 붙은 촛대에도 여러 개 있어서 방은 아주 환했다. 난로에서 가장 가까이 앉아 있던 나는 시간 여행자와 벽난로 중간쯤에 놓이도록 나직한 안락의자를 앞으로 끌어당겼다. 필비는 시간 여행자 뒤에 앉아 그의 어깨 너머로 기계를 살펴봤다. 의사와 시장은 오른쪽에서 그의 옆얼굴을 쳐다봤고, 심리학자는 그의 왼쪽에 있었다. 젊은 남자는 심리학자 뒤에 서 있었다. 우리는 모두 정신을 바짝 차렸다. 그럴듯한 속임수를 제아무리 교묘하게 부렸더라도, 이런 상황에서 우리를 속일 수는 없었을 것이다.

시간 여행자는 우리를 쳐다보더니 기계 장치로 눈을 돌렸다. "그래서요?" 심리학자가 말했다.

시간 여행자는 팔꿈치를 테이블에 대고 두 손을 그 장치 위에서 맞대며 말했다. "이 작은 물건은 모형일 뿐입니다. 시간 여행 기계의 모형이죠. 독특하게 기울어진 것처럼 보이고, 여기 이 막대 주변으로 뭔가 비현실적인 것처럼 묘하게 빛이 나는 게 보일 겁니다." 그가 그 부분을 손가락으로 가리켰다. "그리고 여기에 조그만 흰색 레버가 하나 있고, 여기에도 또 하나가 있습니다."

의사가 자리에서 일어나 그 물건을 들여다봤다. "아주 잘 만들었군."

"만드는 데 2년이 걸렸습니다." 시간 여행자가 대꾸했다. 그러고는 우리가 전부 의사를 따라 그 장치를 들여다본 후에 이렇게 말했다. "여기서 분명히 말씀드릴 점은 이 레버를 누르면 기계가 미래로 날아가고 이쪽 레버는 그걸 되돌린다는 겁니다. 이 안장은 여행자가 앉는 자리죠. 이제 내가 이 레버를 누르면 기계가 출발할 겁니다. 우리 눈앞에서 자취를 감추고 미래의 시간 속으로 들어가 사라질 겁니다. 이 물건을 잘 봐 두세요. 테이블도 자세히 보면서 이게 속임수가 아니라는 걸 충분히 확인하십시오. 모형을 헛되이 날리고도 사기꾼이라는 소리를 듣고 싶지는 않으니까요."

# 아마도 1분쯤 침묵이 흘렀던 것 같다.

심리학자는 나에게 무슨 말을 하려다가 마음을 바꾼 눈치였다. 그때 시간 여행자가 레버 쪽으로 집게손가락을 뻗었다. "아니지." 그가 불쑥 말했다. "손 좀 빌려주시오." 그러고는 심리학자를 향해 몸을 돌려서 그의 손을 잡고는 집게손가락을 펼치라고 말했다. 그렇게 해서 모형 타임머신을 끝없는 여정으로 떠나보내는 역할은 심리학자의 몫이 되었다. 레버가 돌아가는 걸 모두가 지켜봤다. 나는 속임수가 없었다고 전적으로 확신한다. 한 줄기 바람이 일어나더니 램프의 불꽃이 펄럭였다. 벽난로 위의 촛불 하나가 꺼졌고, 작은 기계는 갑자기 빙글빙글 돌며 형체가 불분명해졌다. 희미하게 번쩍이는 놋쇠와 상아의 소용돌이가 무슨 유령처럼 보인 게 한 1초쯤 됐을까 싶었을 때, 그게 없어졌다! 사라졌다! 테이블 위에는 램프만 있을 뿐, 아무것도 남아 있지 않았다.

다들 한동안 말이 없었다. 그러다가 필비가 놀라 자빠질 일이라고 말했다. 멍하니 넋이 빠졌던 심리학자가 정신을 차리고는 느닷없이 테이블 밑을 살폈다. 그 모

습에 시간 여행자는 유쾌하게 웃음을 터트렸다. “그래서요?” 조금 전에 심리학자가 했던 말을 고스란히 되돌려준 것이었다. 그러고는 자리에서 일어나 벽난로 위의 담배통으로 갔고, 우리에게 등을 돌린 채 파이프를 채우기 시작했다.

우리는 서로를 빤히 쳐다봤다. “이보게.” 의사가 말했다. “정말 진지한 건가? 진심으로 그 기계가 시간 속으로 여행을 떠났다고 믿는 거야?”

“물론입니다.” 시간 여행자는 불쏘시개에 불을 붙이려고 몸을 숙이며 말했다. 그러고는 파이프에 불을 붙이면서 고개를 돌려 심리학자의 얼굴을 쳐다봤다. (심리학자는 넋이 나가지 않았다는 걸 보여 주려는 듯이 시가를 입에 물었지만, 끝을 자르지도 않은 채 불을 붙이려 했다.) “그뿐만 아니라 저쪽에는 거의 완성 단계에 이른 실물도 있습니다.” 그는 이렇게 말하면서 연구실 쪽을 가리켰다. “그리고 그게 완성되면 내가 직접 여행을 해 볼 작정입니다.”

"그렇다면 아까 그 기계가 미래로 여행을 떠났다는 얘기인가?"

필비가 말했다.

"미래로 갔는지 과거로 갔는지, 어느 쪽인지는 나도 확실히 모른다네."

잠시 후에 심리학자가 뭔가 떠오른 듯 말했다. "어디론가 갔다면 틀림없이 과거로 갔을 거요."

"왜죠?" 시간 여행자가 물었다.

"내가 생각하기에 그 기계가 공간 이동은 하지 않았을 텐데, 만약 미래로 갔다면 지금 이 시간을 지나갔을 게 분명하고 그렇다면 내내 여기 있었을 것 아니요."

"하지만 과거로 갔다면 우리가 처음에 이 방에 들어왔을 때 보였을 게 아닙니까. 지난 목요일에 왔을 때, 그 전 목요일이나 그 전에도!" 내가 말했다.

"중요한 반론이군." 시장은 공정한 인상을 주려는 듯이 이렇게 말했다.

"전혀 그렇지 않습니다." 시간 여행자는 이렇게 대답하고는, 심리학자를 보며 말을 이었다. "당신이 한번 생각해 봐요. *당신이라면* 그걸 설명할 수 있을 겁니다. 역치생물이 자극에 반응을 일으키기 위해 필요한 최소한의 자극의 세기에 미치지 않는 표상마음이나 의식에 나타나는 것, 말하자면 너무나 미약한 표상인 것이죠."

"맞습니다." 심리학자가 말하고는 우리를 보며 재차 확인해 주었다. "그건 심리학의 간단한 개념이죠. 왜 그걸 진작 생각하지 못했을까. 그건 아주 명백하고, 이 역설을 깔끔하게 해결해 줄 수 있어요. 우리가 그걸 볼 수 없는 건 돌아가는 바퀴살이나 날아가는 총알을 보지 못하는 것과 같습니다. 그 기계가 우리보다 50배나 100배 빠른 속도로 시간 속을 여행한다면, 예를 들어 우리가 1초를 지나는 동안 그 기계가 1분을 지난다면, 그것이 만들어 내는 인상은 시간 여행을 하지 않을 때의 50분의 1이나 100분의 1에 불과하죠. 그건 아주 명백합니다." 그는 기계가 있었던 공간을 손으로 쓸어 보았다. "아시겠어요?" 그는 이렇게 말하면서 웃음을 터트렸다.

우리는 자리에 앉아 텅 빈 테이블을 잠시 물끄러미 바라봤다. 그때 시간 여행자가 이 상황을 어떻게 생각하느냐고 물었다.

"오늘 밤에는 충분히 그럴듯하게 들리는군." 의사가 말했다. "하지만 내일까지 기다려 봐야겠네. 아침이 밝고 맑은 정신이 돌아올 때까지."

"실제 타임머신을 보고 싶으신가요?" 시간 여행자가 물었다. 그러면서 램프를 들고 바람이 들어오는 긴 복도를 앞장서 걸으며 그의 연구실로 향했다. 바람에 펄럭이는 불빛, 기이하게 커 보이던 그의 머리 윤곽과 춤추는 그림자들이 지금도 기억에 생생하다. 당혹스럽고 믿기지 않는 심정으로 그를 따라간 연구실에는 조금 전에 눈앞에서 사라졌던 작은 기계 장치의 확대판이 있었다. 그 장치는 거의 완성되었지만, 나선형의 수정 막대들이 아직 마무리되지 않은 채 도면 몇 장과 함께 작업대 위에 놓여 있었다. 나는 그중 하나를 들고 자세히 살펴봤다. 그건 석영처럼 보였다.

"이보게." 의사가 말했다. "정말 진지한 건가? 아니면 지난 크리스마스에 자네가 우리에게 보여 줬던 그 유령처럼 이것도 속임수인 건가?"

"저 기계를 타고," 시간 여행자는 램프를 높이 들고 말했다.

## "나는 시간을 탐험할 계획입니다.

이 정도면 답이 됐나요? 내 인생에서 지금보다 더 진지했던 적은 없습니다."

우리는 그의 말을 어떻게 받아들여야 할지 몰랐다.

나는 필비와 눈이 마주쳤고, 그는 진지한 표정으로 한쪽 눈을 깜빡였다.

# III

# THE TIME TRAVELLER RETURNS

## 시간 여행자, 돌아오다

그때는 우리 중에 누구도 타임머신이라는 걸 믿지 않았던 것 같다. 실제로 시간 여행자는 너무 영리해서 믿기 힘든 그런 사람이었다. 그에 대해서는 좀처럼 실체를 다 안다는 느낌이 들지 않았다. 투명하도록 솔직한 이면에 뭔가를 은근슬쩍 감춘 것 같고 어떤 꿍꿍이가 숨겨져 있다는 의심이 들었다. 만약 필비가 그 모형을 보여 주며 시간 여행자와 똑같은 말로 설명했다면, 우리가 보내는 의심의 눈초리는 한결 덜했을 것이다. 그의 동기를 간파했을 게 틀림없기 때문이다. 그는 푸줏간 주인이라도 이해할 수 있는 사람이었다. 하지만 시간 여행자는 기질이 상당히 변덕스러워서 우리는 그를 신뢰하지 않았다. 그보다 덜 영리한 사람이 했다면 명성을 안겨 줬을 일도 그가 하면 속임수처럼 보였다. 일을 너무 쉽게 하는 것도 잘못이다. 그의 말을 진지하게 받아들이는 진지한 사람들도 그의 행위를 진심으로 믿지는 못했다. 그들은 자신들의 평판을 걸고 그를 판단한다는 것이 아이들의 놀이방에 깨지기 쉬운 도자기를 놓아두는 것과 마찬가지라는 걸 알고 있었다. 그래서 그 목요일부터 다음 목요일까지 시간 여행에 대해서는 아무도 별말이 없었다. 하지만 시간 여행이 그럴듯하다거나 아니면 실질적으로는 있을 수 없다는 생각, 시대착오와 심각한 혼란을 일으킬 수 있다는 흥미로운 가능성에 이르기까지, 대부분은 그것에 잠재된 희한한 문제들을 따져 보고 있었을 게 분명하다. 나는 특히 모형 타임머신의 속임수에 생각을 집중했다. 금요일에 린네 학회스웨덴의 생물학자 린네를 기념하기 위해 1788년에 설립된 영국의 학회에서 만난 의사와 그것에 대해 얘기했던 기억이 난다. 그는 튀빙겐에서 비슷한 걸 본 적이 있다면서 촛불이 꺼졌다는 점을 무척 강조했다.

## 하지만 어떻게
## 그런 속임수를 썼는지에 대해서는
## 설명하지 못했다.

다음 목요일에 나는 다시 리치먼드에 갔다. 아마 나는 시간 여행자의 집을 가장 꾸준히 방문하는 손님 중 하나였을 것이다. 조금 늦게 도착했더니 응접실에 이미 네다섯 명이 모여 있었다. 의사는 한 손에 종이 한 장을, 다른 손에는 회중시계를 들고 난롯불 앞에 서 있었다. 내가 시간 여행자를 찾아 두리번거리고 있는데 의사가 말했다. "7시 30분이 됐으니, 저녁을 먹는 게 좋지 않겠소?"

"그는 어디 있죠?" 내가 집주인의 이름을 말하며 물었다.

"지금 온 건가? 좀 희한한 노릇이라네. 피치 못할 사정으로 늦는다면서, 자신이 돌아오지 않으면 7시에 저녁 식사를 시작해 달라고 나한테 이 쪽지를 남겨 놨더군. 돌아와서 설명하겠다면서."

"기껏 만들어 놓은 음식을 망치는 건 안 될 말이죠." 유명한 일간지의 편집장이 말했다. 그러자 의사가 종을 울렸다.

의사와 나를 빼면 지난번 저녁 식사에 참석했던 사람은 심리학자뿐이었다. 나머지는 좀 전에 말한 편집장인 블랭크, 신문 기자 한 명, 그리고 내가 모르는 어떤 남자였는데, 수염을 기른 이 사람은 조용하고 소심한 성격인지 내가 지켜본 바로는 그날 저녁 내내 한마디도 하지 않았다. 식탁에서는 시간 여행자가 자리를 비운 이유에 대해 이런저런 추측들이 오갔고, 나는 반은 농담조로 그가 시간 여행을 하는 모양이라고 말했다. 편집장이 그게 무슨 얘기냐며 설명을 부탁했다. 그러자 심리학자가 나서서 한 주 전에 우리가 목격했던 "놀라운 역설과 속임수"에 대해 어정쩡한 설명을 늘어놓았다. 그러는 와중에 복도로 통하는 문이 소리도 없이 천천히 열렸다. 문을 마주 보며 앉아 있던 내가 그걸 제일 먼저 봤다. "안녕하시오!" 내가 말했다. "드디어 오셨군." 그러자 문이 활짝 열리면서 시간 여행자가 우리 앞에 나타났다. 나는 놀라움에 탄성을 질렀다. "맙소사! 대체 무슨 일인가?" 나 다음으로 시간 여행자를 본 의사가 외쳤다. 그러자 식탁에 둘러앉은 모든 사람이 문을 향해 고개를 돌렸다.

그는 아무 말 없이 고통스럽게 식탁으로 다가와 몸짓으로 포도주를 가리켰다. 편집장이 샴페인 잔에 포도주를 채워서 그에게 내밀었다. 그는 단숨에 들이키고 난 뒤 식탁을 둘러보았다. 그의 얼굴에 미소가 엷게 어리는 걸 보면 포도주가 도움이 된 모양이었다. "무슨 일을 하다가 온 건가?" 의사가 물었다. 시간 여행자는 못 들은 눈치였다. "나한테 신경 쓰지 마세요." 그는 어쩐지 더듬거리는 말투였다. "나는 괜찮습니다." 그는 말을 멈추더니 더 따라 달라며 잔을 내밀었고, 이번에도 그걸 단번에 다 마셨다. "좋네요." 그가 말했다. 눈에 광채가 돌고 얼굴도 불그스름해졌다. 그는 흐릿하나마 알아보는 눈빛으로 우리의 얼굴을 훑고는 따뜻하고 안락한 방으로 시선을 돌렸다. 그런 다음 다시 입을 열었는데, 마치 단어들 사이를 헤치고 나가

기라도 하는 것처럼 더듬거리는 느낌이었다. "가서 좀 씻고 옷을 갈아입은 후에 다시 내려와서 설명하겠습니다……. 양고기를 조금 남겨 주세요.

# 고기가 먹고 싶어 죽을 지경입니다."

그는 오랜만에 찾아온 편집장을 건너다보며 안부를 물었다. 편집장이 질문을 하기 시작했다. 그러자 시간 여행자가 말했다. "곧 말씀드릴게요. 지금은 내가 좀…… 이상해요! 조금 있으면 괜찮아질 겁니다."

그는 잔을 내려놓고 계단으로 이어지는 문을 향해 걸어갔다. 이번에도 절룩거리는 걸음걸이가 눈에 띄었고, 발이 닿을 때마다 뭔가를 댄 듯이 부드러운 소리가 나기에 자리에서 일어나 살펴봤더니 신발도 없이 피로 얼룩진 누더기 양말만 신고 있었다. 그의 뒤로 문이 닫혔다. 잠시 따라가 보려고도 생각했지만, 그가 자신에 대해 호들갑 떠는 것을 싫어한다는 게 떠올랐다. 나는 아마도 잠시 멍한 상태에 빠졌던 모양이다. 그때 편집장이 "저명한 과학자의 주목할 만한 행동"이라고 (평소의

버릇대로) 헤드라인을 떠올리며 중얼거리는 소리가 들렸다. 그 말에 내 관심은 다시 환한 식탁으로 돌아왔다.

"대체 무슨 일일까요?" 신문 기자가 물었다. "어디서 거지 흉내라도 내다 온 걸까요? 도무지 모르겠네요." 나는 심리학자와 눈이 마주쳤고, 그의 표정에서 나와 똑같은 생각을 읽었다. 나는 고통스럽게 절뚝거리며 계단을 올라가는 시간 여행자를 떠올렸다. 다른 사람들은 그가 절뚝거리는 걸 아무도 알아차리지 못했던 것 같다.

놀라움에서 벗어나 제일 먼저 정신을 차린 사람은 의사였는데, 그는 뜨거운 요리를 내오라고 종을 울렸다.(시간 여행자는 식사를 할 때 하인들을 옆에 두는 걸 싫어했다.) 그러자 편집장이 끙 소리를 내며 나이프와 포크로 관심을 돌렸고, 조용한 남자도 그를 따라 했다. 식사가 계속되었다. 한동안 그들 사이에 오간 대화는 감탄과 경탄뿐이었다. 그러다가 편집장이 열띤 목소리로 호기심을 드러냈다. "우리의 친구가 부족한 수입을 채우려고 교차로 청소라도 하는 걸까요? 아니면 네부카드네자르신바빌로니아의 제2대 왕(B.C.630?~B.C.562). 유대 왕국을 멸망시킴처럼 정신이 나가 버린 걸까요?" 그가 물었다. "내 생각에는 틀림없이 타임머신과 관련이 있을 것 같아요." 나는 이렇게 말하고 지난번 모임에 있었던 일에 대해 심리학자가 하던 설명을 이어 갔다. 새로운 손님들은 불신감을 솔직하게 드러냈다. 편집장이 이의를 제기했다. "그 시간 여행이라는 게 대체 뭡니까? 역설 속에서 뒹군다고 먼지투성이가 될 수는 없는 거 아닌가요?" 그러더니 그 비유가 적절하다고 생각했는지 풍자를 이어 갔다. "미래에는 옷솔이 없나 보죠?" 신문 기자도 전혀 믿으려 들지 않았고, 편집장과 함께 이 개념 자체를 드러내 놓고 조롱했다. 그들은 둘 다 새로운 부류의 언론인, 말하자면 매우 유쾌하지만 무례한 젊은이들이었다. "내일모레에 파견된 우리

특파원이 보내온 소식입니다." 시간 여행자가 돌아왔을 때 신문 기자는 이렇게 말하는, 아니 거의 소리를 치는 중이었다. 시간 여행자는 평범한 야회복으로 갈아입었고, 수척한 얼굴을 제외하면 나를 놀라게 했던 변화는 전혀 남아 있지 않았다.

"여기 이 양반들 얘기가 당신이 다음 주 중반을 여행하고 오셨다는데요!" 편집장이 들뜬 목소리로 말했다. "로즈버리1894년부터 1895년까지 영국 총리였던 정치가에 대해 아는 대로 말해 주세요. 그 기사를 얼마에 넘기시겠습니까?"

시간 여행자는 아무 말도 없이 자신을 위해 남겨 둔 자리로 갔다. 그는 늘 그랬던 것처럼 조용히 미소를 지었다. "내 양고기는 어디 있지?" 그가 말했다. "다시 포크로 고기를 찍을 수 있어서 얼마나 기쁜지!"

"얘기 좀 해 줘요!" 편집장이 큰 소리로 말했다.

"얘기가 웬 말인가요!" 시간 여행자가 말했다. "나는 뭘 좀 먹어야겠어요. 핏속에 단백질을 채우기 전까지는 한마디도 하지 않을 겁니다. 그러니 좀 참으시고, 소금이나 건네주세요."

"한마디만 해 주게." 내가 말했다.

"시간 여행을 하고 온 건가?"

"그렇다네."

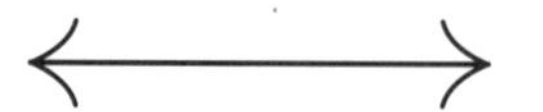

시간 여행자가 음식을 입에 가득 물고 고개를 끄덕이며 말했다.

"당신이 말하는 걸 그대로 받아 적어서 한 줄에 1실링을 드리겠소." 편집장이 말했다. 시간 여행자는 잔을 조용한 남자 쪽으로 밀고 손톱으로 톡톡 두드렸다. 시간 여행자의 얼굴을 바라보고 있던 조용한 남자는 흠칫 놀라더니 포도주를 따라 주었다. 그때부터 식사를 마칠 때까지는 불편한 분위기가 이어졌다. 나만 하더라도 속에서 질문이 불쑥불쑥 솟구쳤고, 다른 사람들도 마찬가지였을 것이다. 신문 기자는 헤티 포터의 일화로 긴장을 누그러뜨리려 했다. 시간 여행자는 식사에만 관심을 쏟으며 떠돌이 같은 식욕을 드러냈다. 의사는 담배를 피우며 속눈썹 사이로 시간 여행자를 지켜봤다. 조용한 남자는 더 어색해진 눈치였고, 긴장한 탓에 규칙적이고 단호하게 샴페인을 들이켰다. 마침내 시간 여행자가 접시를 앞으로 밀어내더니 우리를 둘러봤다. "사과부터 드려야 마땅하겠죠." 그가 말했다. "배가 너무 고팠습니다. 정말 놀라운 시간을 보냈거든요." 그는 손을 뻗어 시가를 하나 집어 들고 끝을 잘랐다. "흡연실로 갑시다. 기름 묻은 접시들을 앞에 놓고 하기엔 이야기가 너무 길어요." 그러고는 지나가면서 종을 울렸고, 옆방으로 앞장서서 들어갔다.

"블랭크와 대시, 그리고 초즈한테 기계에 대해 얘기했나?" 그가 안락의자에 등을 기대더니 새로 온 손님 세 명의 이름을 대며 내게 물었다.

“하지만 그건 단지 역설일 뿐이잖아요.” 편집장이 말했다.

“오늘은 논쟁을 할 수 없습니다. 그 얘기를 들려줄 수는 있어도, 논쟁은 못 해요.” 그가 말을 이었다. “원하신다면 내가 겪은 일들에 대해 말씀드리겠지만, 중간에 끼어드는 건 참아 주셔야 합니다. 나는 그 얘기를 하고 싶어요. 간절히. 대부분은 거짓말처럼 들릴 겁니다. 그러라죠! 하지만 한마디도 빠짐없이 전부 사실입니다. 나는 4시에 연구실에 있었는데 그 이후로…… 8일을 살았고……. 그날들은 이제껏 어느 누구도 살아 보지 못했던 그런 시간이었어요! 거의 녹초가 되었지만, 이 얘기를 전부 들려준 다음에 잠을 잘 겁니다. 그런 다음에야 침대에 누울 거예요. 하지만 끼어들면 안 됩니다! 다들 동의하는 건가요?”

“동의합니다.” 편집장이 말했고, 나머지 사람들도 같은 말을 되풀이했다. “동의합니다.” 그러자 시간 여행자는 다음과 같은 이야기를 시작했다. 처음에는 의자에 등을 기대고 지친 사람처럼 말을 하더니 시간이 흐를수록 활기를 띠었다. 그걸 글로 옮기면서 그 순간의 느낌을 표현하기에 펜과 잉크의 힘이 얼마나 부족한지, 그리고 나 자신의 능력이 또 얼마나 미흡한지 절감할 뿐이다. 물론 여러분은 주의 깊게 읽겠지만,

둥그렇게 펴지는 작은 램프 불빛을 받은 시간 여행자의 하얗고 진지한 얼굴을

볼 수 없고,

목소리의 억양을 들을 수도

없다. 이야기의 전환점마다 달라지는 그의 표

정도 알 수 없다! 그때 그곳에서 이야기를 들은 우리

는 대부분 어둠 속에 앉아 있었고, 흡연실에 촛불을

켜 놓지 않은 탓에 신문 기자의 얼굴과 조용한 남자의

무릎 아랫부분만이 불빛에 드러났다. 처음에는 우리

도 한 번씩 서로를 힐끔거렸지만, 얼마 후에는

그러길 멈추고 오직 시간 여행자의

얼굴만 쳐다봤다.

# IV

# TIME TRAVELLING

## 시간 여행

여기 계신 몇 분께는 지난 목요일에 타임머신의 원리에 대해 말씀드리고 연구실로 가서 완성되지 않은 상태의 실물도 보여 드렸습니다. 그건 지금도 그 자리에 있는데, 사실은 여행을 하느라 조금 낡았습니다. 상아 막대 하나는 금이 갔고 놋쇠 난간은 휘어졌지만 나머지는 아주 멀쩡합니다.

금요일에는 마무리를 지을 거라고 예상했었는데, 조립을

거의 끝마쳤을 때 니켈 막대 가운데 하나가 딱 2.5센티미터 짧다는 걸 발견해서 그걸 다시 만들어야 했죠. 그런 까닭에 오늘 아침에야 기계가 완성되었습니다. 세계 최초의 타임머신이 작동을 시작한 건 오늘 아침 10시였어요. 마지막 손질을 하고, 나사도 전부 다시 조이고, 석영 막대에 기름을 한 방울 더 칠한 다음 안장에 앉았습니다. 이제부터 어떤 일이 벌어질지 조마조마했던 그때의 심정은 총구를 머리에 대고 자살하려는 사람과 비슷하지 않았을까 싶습니다. 한 손에 출발 레버를, 다른 손에는 정지 레버를 쥐고 첫 번째를 눌렀다가 곧바로 두 번째를 눌렀습니다. 빙빙 도는 것 같더군요. 높은 곳에서 떨어지는 악몽을 꾸는 느낌이었어요. 둘러보니 연구실은 조금 전과 똑같았습니다. 무슨 일이 일어나긴 했을까? 잠깐 동안은 내 머리가 장난을 친 거라는 의심도 들었습니다. 그러다가 시계를 봤죠. 조금 전에 10시 1분쯤이었던 것 같았는데, 어느새 3시 30분이 다 되어 가고 있었어요!

나는 숨을 들이마신 후 이를 악물고 출발 레버를 두 손으로 움켜쥔 채 쿵 소리와 함께 출발했습니다. 연구실이 흐릿해지더니 어둠에 잠겼습니다. 그때 워쳇 부인이 안으로 들어와서 정원으로 나가는 문을 향해 걸어갔는데, 내가 보이지 않는 듯했습니다. 부인이 방을 가로지르는 데는 1분이 넘게 걸렸을 텐데, 내 눈에는 로켓이 날아가는 것처럼 보였습니다. 레버를 끝까지 밀었습니다. 램프 불을 끈 것처럼 밤이 왔고, 곧바로 내일이 되었습니다. 연구실은 흐릿하고 희미해지더니, 점점 더 희미해져 갔습니다. 내일 밤이 어둡게 찾아오고, 날이 밝고 밤이 오고 다시 날이 밝는 속도가 점점 빨라졌습니다. 소용돌이치듯 웅웅거리는 소리가 귀를 채웠고, 묘하게 먹먹한 혼란이 마음을 내리눌렀습니다.

시간 여행의 그 독특한 느낌은 뭐라 표현할 수 없을 것 같습니다. 일단 지독하게 불쾌합니다. 롤러코스터를 탔을 때의 느낌, 하릴없이 아래로 곤두박질치는 바로 그런 느낌이에요! 금방이라도 충돌할 것 같은 끔찍한 예감도 들었습니다. 속도를 높이자 검은 날개를 펄럭이는 것처럼 낮이 밤으로 바뀌었습니다. 희미하게 보이던 연구실이 이내 멀어지더니 하늘을 빠르게 가로지르는 태양이 보였습니다. 1분에 한 번씩 솟아올랐으니 그 1분이 하루였던 겁니다. 그때는 연구실을 박살 내고 밖으로 나온 거라고 생각했습니다. 어렴풋이 높은 발판에 있는 느낌이 들었지만 이미 너무 빨리 이동하고 있었기 때문에 움직이는 다른 물체를 의식할 수 없었습니다. 세상에서 제일 느린 달팽이조차 그때는 너무 빠르게 스쳐 갔으니까요. 어둠과 빛이 교차하며 깜빡이는 통에 눈이 몹시 아팠습니다. 그러다가 간헐적인 어둠 속에서 달이 빠르게 회전하며 초승달에서 보름달로 변하는 걸 봤고, 원을 그리는 별들의 희미한 반짝임도 보였습니다. 이윽고, 그렇게 점점 속도를 높이며 이동하다 보니 밤과 낮이 섞이면서 꾸준한 회색을 그렸습니다. 하늘은 초저녁 무렵의 그 찬란한 빛깔 같은 경이로운 짙푸른 색을 띠었고, 활발하게 움직이는 태양은 한 줄기 불덩이처럼 빛나는 아치를 허공에 그렸습니다. 달은 좀 더 희미한 빛으로 출렁이는 띠 모양이었고, 별은  푸른 바탕 위에서 약간 밝은 원이 어쩌다 깜빡이는 정도였습니다.

풍경은 안개에 덮인 것처럼 흐릿했습니다. 나는 여전히 이 집이 지금 서 있는 비탈에 있었고, 산마루는 흐릿한 회색빛으로 솟아 있었습니다. 나무들이 김을 내뿜듯이 자라면서 금세 갈색이었다가 다시 초록으로 변하는 게 보였습니다. 나무들은 자라고 가지를 뻗고 몸을 떨다가 죽어 갔습니다. 거대한 건물들이 희미하도록 높이 올라갔다가 꿈처럼 사라졌습니다. 지표면 전체가 내 눈앞에서 녹아 흐르며 변하는 것 같았습니다. 속도계의 작은 바늘이 점점 빠르게 돌았습니다. 이윽고 태양의 띠가 위아래로 요동치며 1분이 채 안 되는 시간에 하지와 동지를 오가는 걸 보면서, 내가 1분에 1년의 속도로 이동하고 있다는 걸 알았습니다. 1분마다 흰 눈이 온 세상을 뒤덮었다 사라지고, 이어서 초록의 봄이 잠시 반짝였습니다.

출발할 때의 불쾌한 느낌은 이제 그렇게 심하지 않았습니다. 그건 차츰 병적인 흥분 상태로 변했습니다. 사실은 기계가 이상하게 좌우로 흔들렸는데 이유는 알 수 없었습니다. 하지만 마음이 너무 혼란스러워서 거기에 신경 쓸 겨를이 없었습니다. 나는 점점 심해지는 일종의 광기에 휩싸인 채 미래로 몸을 내던졌습니다. 처음엔 멈출 생각을 거의 하지 않았습니다. 이 새로운 느낌 말고는 거의 아무것도 생각하지 않았습니다. 하지만 곧 새로운 감정, 그러니까 호기심과 그에 따른 두려움이 마음속에서 차츰 자라나더니 결국은 나를 완전히 사로잡았습니다. 내 눈앞에서 내달리며 요동쳤던, 그래서 잘 파악할 수 없었던 그 희미한 세계를 가까이에서 들여

다본다면 인류가 얼마나 기이하게 발전했는지, 이제 막 싹튼 우리의 문명이 얼마나 놀라운 진보를 이뤘는지 볼 수 있지 않을까, 이런 생각이 들었던 거죠! 주변에 솟아나는 크고 멋진 건물들은 우리 시대의 것들보다 더 웅장했고, 어쩐지 가물거리는

빛과 안개로 지은 것 같았습니다. 비탈의 푸른빛이 짙어지고, 중간에 끼어드는 겨울도 없이 그대로 초록빛으로 남아 있었습니다. 머리가 혼란스러웠지만, 그래도 대지는 대단히 아름다워 보였습니다. 그리고 그제야 멈출 마음이 들었습니다.

멈추려면 특별한 위험이 따랐습니다. 나나 이 기계가 차지하고 있는 공간에 이미 어떤 물체가 존재할 가능성이 있었죠. 빠른 속도로 시간 여행을 하는 동안에는 이게 별로 중요하지 않았습니다. 말하자면 나는 희석되어 중간에 놓인 물체들의 틈새를 증기처럼 빠져나가고 있었으니까요!

하지만
타임머신을

# 멈추기 위해서는

내 앞에 놓인 것이
무엇이든
그것에
나 자신을,
분자 단위로 밀어
넣어야 했습니다.

내 몸의 원자들이 장애물의 원자들과 화학 반응, 어쩌면 엄청난 폭발을 일으킬 정도로 밀접하게 접촉해야 한다는 뜻이었고, 나와 내 장치가 미지의 영역으로 날아갈지도 모르는 일이었습니다. 기계를 만드는 동안에도 수없이 떠올렸던 가능성이었죠. 하지만 그때는 기꺼이 감수해야 할 위험으로 받아들였는데! 이제 그 위험을 피할 수 없게 되니, 그때처럼 흔쾌히 받아들일 수가 없었습니다. 이러다가 영영 멈출 수 없겠다고 혼잣말을 했고, 그러자 갑자기 반발심이 들면서 당장 멈추기로 결정했습니다. 조바심치는 바보처럼 레버를 힘껏 잡아당겼고, 곧바로 기계가 요동치더니 나는 허공에서 거꾸로 곤두박질쳤습니다.

귀에서 천둥소리가 들렸고, 잠깐 정신을 잃었던 것 같기도 합니다.

**사방에서 우박이 요란하게 빗발치는데,**

나는 부드러운 잔디에 앉아 있고 앞에 기계가 뒤집혀 있더군요. 여전히 모든 게 잿빛으로 보였지만, 귓속의 어지러운 소음은 사라졌습니다. 주변을 돌아봤죠. 내가 있는 곳은 진달래 덤불에 둘러싸인 정원의 잔디밭 같았고, 꽃들이 우박을 맞아 떨어지고 있었습니다. 춤추듯 튀어 오르는 우박 알갱이들이 기계 위에 작은 구름처럼 걸려 있었습니다. 나는 순식간에 흠뻑 젖고 말았습니다. '멋진 환대로군.' 나는 이렇게 중얼거렸죠. '무한의 세월을 넘어온 여행자를 이런 식으로 맞이하다니.'

그러다가 온몸이 젖도록 우박을 맞고 있는 내가 참 바보 같다는 생각이 들었습니다. 일어나서 주변을 살펴봤죠. 매섭게 쏟아지는 우박 탓에 사방이 흐릿했지만 진달래 덤불 너머로 하얀 돌을 깎아 만든 거대한 석상이 어렴풋이 눈에 들어왔습니다. 그러나 그 밖에 다른 것들은 아무것도 보이지 않았어요.

그때의 기분은 뭐라 표현하기 어려울 것 같습니다. 퍼붓던 우박이 잦아들면서 흰 석상이 더 또렷이 보였습니다. 은색 자작나무가 어깨에 닿을 정도였으니까 꽤 큰 석상이었습니다. 흰색 대리석을 깎아 만든 날개 달린 스핑크스 형상이었습니다. 청동 받침대는 푸른 빛깔의 녹으로 두껍게 덮여 있었어요. 마침 얼굴이 나를 향하고 있었는데, 볼 수 없는 그 눈으로 나를 보는 듯했습니다. 비바람에 심하게 시달린 모습은 왠지 몹쓸 병에 걸린 것 같았어요. 나는 잠시 그걸 바라보며 서 있었습니다. 거세졌다가 약해졌다 하는 우박 때문에 석상은 다가왔다가 물러나는 것처럼 보였습니다. 석상에서 잠깐 눈을 돌렸는데 하늘이 밝아 오면서 해가 날 조짐이 보였습니다.

웅크린 하얀 석상을 다시 올려다보다 문득 내 여정의 무모함이 마음에 사무쳤습니다. 과연 뭐가 나타날까? 인류에게 무슨 일이 벌어졌는지도 모르는데! 잔인함이 만연해졌으면 어쩌지? 이 시기의 인류가 인간성을 상실하고 뭔가 엄청난 힘을 발휘하는 비인간적인 존재로 변했으면 어쩌지? 나는 비슷하기 때문에 더 끔찍하고 혐오스러운 구시대의 동물처럼, 당장 죽여야 할 동물로 보일지도 몰라.

어느새 거대한 형체들이 보였습니다. 커다란 건물들, 희미하게 드러나는 산비탈의 나무들. 나는 갑작스레 공포에 사로잡혔습니다. 허둥지둥 타임머신으로 돌아가서 그걸 제대로 세우려고 안간힘을 썼습니다. 그러는 동안 먹구름 사이로 햇빛이 내리비쳤어요. 머리 위에는 짙푸른 하늘이 펼쳐졌고, 갈색 구름 조각이 굽이치다 흩어졌습니다. 주변에는 빗물에 젖어 반짝이는 커다란 건물들이 선명하게 서 있었습니다. 나는 낯선 곳에서 발가벗겨진 느낌이었어요. 정신이 나갈 정도로 두려웠습니다. 나는 숨을 돌리고, 이를 악문 채 다시 한번 기계와 씨름을 했습니다. 필사적으로 덤빈 끝에 제대로 세우기는 했지만, 기계에 턱을 심하게 부딪쳤습니다. 한 손으로 안장을 잡고 다른 손으로 레버를 잡은 채 다시 올라탈 기세로 서서 숨을 헐떡였습니다.

그런데 이렇게 후퇴할 방법을 되찾자 용기도 되살아났습니다. 좀 더 호기심을 가지고 주변을 둘러보자 미래 세계에 대한 두려움도 약간 누그러졌습니다. 가까운 어느 집의 벽면을 따라 높은 곳에 난 둥근 창문으로 화려하고 부드러운 옷차림의 사람들이 보였습니다. 그들도 나를 봤는지 얼굴이 내 쪽을 향하고 있었습니다. 그때

## 나를 향해 다가오는
## 사람들의 목소리가

들렸습니다. 흰색 스핑크스 옆의 덤불 사이로 달려오는 남자들의 머리와 어깨가 보였습니다. 그중 한 사람이 모습을 드러냈습니다. 키가 120센티미터나 될까 싶은 작은 체구에 자주색 튜닉을 걸치고 허리에는 가죽띠를 둘렀더군요. 발에는 샌들인지 반장화인지를 신었고, 무릎 아래로는 맨살이 드러났으며, 머리에도 모자를 쓰지 않았습니다. 그걸 보고서야 날씨가 얼마나 따뜻한지 깨달았습니다.

남자는 매우 아름답고 우아했지만, 이루 말할 수 없을 정도로 허약해 보였습니다. 발그레한 얼굴은 결핵 환자에게서 보이는 병적인 아름다움을 연상시켰습니다. 그를 보자 나는 문득 자신감을 되찾아, 기계에서 손을 떼었습니다.

# V

# IN THE GOLDEN AGE

## 황금기

순식간에 우리는, 그러니까 미래의 그 허약한 존재와 나는 얼굴을 마주 보고 서 있었습니다. 그는 곧장 내게 다가와 내 눈을 들여다보며 웃더군요. 두려워하는 기색이 전혀 없다는 걸 단번에 느낄 수 있었습니다. 그러더니 뒤따라온 두 사람을 향해 알아들을 수는 없지만 대단히 달콤하고 부드러운 언어로 무슨 말인가를 했습니다.

다른 사람들이 다가왔고 어느새 여덟에서 열 명쯤 되는 작은 무리의 아름다운 사람들이 나를 에워쌌습니다. 그중 한 명이 내게 말을 걸었습니다. 희한하게도 그때 내 머리에 떠올랐던 생각은, 내 목소리가 그들에게 너무 거칠고 굵게 들리겠다는 것이었습니다. 그래서 나는 고개를 젓고, 귀를 가리키면서 다시 한번 고개를 저었습니다. 남자는 한 걸음 앞으로 나오더니 주저하다가 내 손을 만졌습니다. 뒤이어 등과 어깨에도 작고 부드러운 촉수들이 느껴졌습니다. 내가 실제로 존재하는지 확인하고 싶었던 것이겠죠. 그런 행동에는 전혀 경계할 만한 요소가 없었습니다. 실제로 이 작고 예쁜 사람들은 내게 자신감을 불러일으켰는데, 정중한 온화함, 어린아이 같은 태평함 같은 특징들 때문이었죠. 게다가 너무 허약해 보여서 열두어 명 정도는 볼링 핀처럼 내동댕이칠 수도 있겠다는 생각이 들더군요. 하지만 그들이 작은 분홍빛 손으로 타임머신을 만지는 걸 봤을 때는 몸짓으로 즉시 주의를 주었습니다. 그러고는 다행히 너무 늦지 않게 지금껏 잊고 있었던 위험을 떠올렸고, 기계의 가로대 너머로 손을 뻗어 그걸 작동시키는 작은 레버들을 분리해서 주머니에 넣었습니다. 그런 다음 어떤 식으로 의사소통을 할 수 있을지 알아보기 위해 다시 돌아섰습니다.

그들의 이목구비를 더 자세히 살펴보던 나는 드레스덴 도자기 인형처럼 예쁜 그들의 용모에서 또 다른 특징을 발견했습니다. 하나같이 곱슬거리는 머리카락은 목과 뺨 높이에서 싹둑 잘려 있고, 얼굴에는 가느다란 솜털조차 보이지 않았으며, 귀는 야릇할 정도로 작았습니다. 입도 작고, 새빨간 입술은 얇은 편이었으며, 작은 턱은 끝이 뾰족했습니다. 눈은 크고 부드러웠습니다. 너무 내 위주로 생각한 건지 모르겠지만, 그들은 의외로 내게 관심이 많지 않아 보였습니다.

그들은 나를 에워싼 채 웃고, 부드럽게 울리는 목소리로 자기들끼리 소곤거리기만 할 뿐 나하고 대화하려는 시도를 하지 않기에 내가 말을 걸었습니다. 나는 타임머신을 가리켰다가 나를 가리켰습니다. 그런 다음, 시간을 어떻게 표현할지 잠시 머뭇거리다가 해를 가리켰습니다. 그러자마자 자주색과 흰색의 체크무늬 옷을 입은 묘하게 예쁘장한 사람이 내 몸짓을 따라 하더니 천둥소리를 흉내 내서 나를 놀라게 했습니다.

남자의 몸짓이 무슨 뜻인지는 명백했지만 나는 잠시 어안이 벙벙했습니다. 문득 이런 의문이 들더군요. 이 사람들은 바보인 걸까? 왜 이런 의문에 휩싸였는지 여러분은 이해하기 어려울지도 모릅니다. 뭐랄까, 나는 80만 2천 년쯤의 인류라면 지식이나 기술을 비롯한 모든 방면에서 믿을 수 없을 만큼 우리를 능가할 거라고 늘 예상했었거든요. 그때 그중 한 명이 불쑥 내게 뭔가를 물었고, 그 질문에서 나는 그의 지적 수준이 우리네의 다섯 살짜리에 해당된다는 걸 알았습니다. 나더러 폭풍우를 타고 태양에서 내려왔느냐고 물었거든요! 그 질문으로 그들의 옷과 희고 가느다란 팔다리, 허약한 용모를 보고 유보했던 판단을 내리게 되었습니다.

실망감이 물밀듯이
밀려왔습니다.

순간적으로
타임머신을
괜히
만들었다는
기분마저
들었습니다.

나는 고개를 끄덕이며 해를 가리켰고, 천둥소리를 생생하게 흉내 내서 그들을 놀래 주었습니다. 그들은 모두 한 걸음쯤 뒤로 물러나서 절을 했습니다. 그런 다음 한 사람이 웃으며 다가왔고, 처음 보는 아름다운 꽃들로 만든 화환을 목에 걸어 주었습니다. 그러자 박수갈채가 쏟아졌고, 곧바로 다들 꽃을 찾아 달려가더니 내가 꽃에 파묻혀 숨을 쉴 수 없을 지경이 될 때까지 웃으면서 내게 꽃을 던졌습니다. 그런 꽃을 본 적 없는 여러분은 무한한 세월이 얼마나 섬세하고 놀라운 꽃들을 만들어 냈는지 상상도 할 수 없을 겁니다. 그때 누군가가 자신들의 장난감을 가장 가까운 건물에 전시해야 한다고 제안한 모양입니다. 나는 그들의 손에 이끌려 내가 놀라는 모습을 내내 웃으면서 지켜보고 있었던 것만 같은 흰색 스핑크스를 지나 거대한 회색 석조 건물로 갔습니다. 그들과 함께 가는데, 매우 진지하고 지적인 후손을 만나리라고 자신만만하게 예상했던 기억이 떠오르면서 어찌나 우습던지요.

건물은 입구가 널찍했고 규모가 웅장했습니다. 나는 점점 늘어나는 작은 사람들의 무리와 내 앞에 커다란 입을 벌리고 있는 문에 완전히 정신이 팔렸습니다. 그들의 머리 너머로 보이는 세계에 대한 전반적인 인상은 아름다운 덤불과 꽃이 무성한 벌판, 오래 방치했는데도 잡초 하나 없는 정원이었습니다. 기다란 이삭 모양의 생소한 꽃들이 하얗게 많이 피어 있었는데, 다양한 덤불 틈 여기저기에서 야생화처럼 자라고 있었지만 이때는 그걸 자세히 살펴보지 않았습니다. 타임머신은 진달래꽃에 둘러싸인 잔디밭에 방치되어 있었죠.

입구의 아치에도 화려한 조각이 새겨져 있었습니다. 물론 그 조각들을 아주 자세히 관찰하지는 못했지만, 그래도 지나면서 보니 고대 페니키아의 장식을 연상시키는 것 같았고, 아주 심하게 깨지고 비바람에 닳은 느낌이었습니다. 더 화려한 옷을

입은 몇 사람이 입구에서 나를 맞았고 우리는 함께 안으로 들어갔습니다. 칙칙한 19세기 옷을 입은 것만으로도 기이한 판에 꽃목걸이까지 목에 건 나는 부드러운 색깔의 화려한 로브를 입고 하얀 팔다리를 반짝이며 웃음소리는 아름다운 선율 같고

말도 마치 웃는 것 같은 무리에 둘러싸였죠.

널찍한 입구는 그만큼 넓은 홀로 이어졌고, 그곳에는 갈색 커튼이 드리워져 있었습니다. 천장에는 그늘이 졌고, 색유리를 끼운 부분도 있고 끼우지 않은 부분도 있는 창문으로 부드러운 빛이 스며들었습니다. 바닥은 매우 단단한 흰색의 금속 재질이었는데, 얇은 판을 댄 게 아니라 아예 덩어리째 깔아 놓았고, 아주 심하게 닳은 것으로 보아 여러 세대에 걸쳐 딛고 다닌 모양이었어요. 사람들이 더 자주 다닌 곳은 도랑처럼 깊이 파였더군요. 돌을 잘라 만든 테이블이 주르륵 가로질러 놓여 있었는데, 높이는 바닥에서 30센티미터 정도였고 그 위에는 과일이 쌓여 있었습니다. 거대한 크기의 라즈베리와 오렌지도 보였지만, 대부분은 처음 보는 것들이었어요.

테이블 사이에는 엄청나게 많은 쿠션이 흩어져 있었습니다. 나를 안내한 사람들이 그 위에 자리를 잡더니 내게도 똑같이 하라고 손짓을 했습니다. 그들은 별다른 격식 없이 손으로 과일을 먹기 시작했고, 껍질이나 줄기는 테이블 가장자리의 둥그런 구멍에 던져 넣었습니다. 나는 목이 마르고 배도 고팠기 때문에 거리낌 없이 그들을 따라 했습니다. 그러면서 천천히 홀을 둘러봤습니다.

가장 놀라웠던 건 아무래도 그곳의 황폐한 모습이었을 겁니다. 스테인드글라스 창유리는 곳곳이 깨졌고, 아래쪽에 걸린 커튼에는 먼지가 두꺼웠습니다. 내 옆의 대리석 탁자 모서리가 부서진 것도 눈에 띄었습니다. 그럼에도 불구하고 전반적인 인상은 대단히 풍요롭고 아름다웠습니다. 홀에서 식사를 하는 사람은 이백 명쯤 되는 것 같았고, 그중 대부분이 내 근처에 앉아 작은 눈을 반짝이며 흥미롭게 나를 관찰했습니다. 그들은 다들 부드럽지만 튼튼한 실크 재질의 옷을 입고 있었습니다.

그나저나 그들이 먹는 건 과일이 전부였습니다.

먼 미래의 이 사람들은 철저한 채식주의자였고,
그들과 함께 있는 동안에는
**아무리 고기가 먹고 싶어도**
나 역시 과일을 주식으로 삼아야 했습니다.

실제로 말과 소, 양, 개 등이 멸종했다는 건 나중에 알았습니다. 하지만 과일은 아주 맛있었습니다. 특히 내가 머무는 내내 제철이었던 것 같은, 삼면의 껍질 속에 가루 같은 것이 들어 있는 과일은 유난히 맛이 좋았습니다.

어느 정도 배를 채우자마자, 나는 새로 만난 이 사람들의 언어를 배우기 위해 모든 노력을 기울이자고 마음먹었습니다. 다음에 할 일이 그것인 건 분명했습니다. 마침맞게 과일이 옆에 있어서 그걸 들고 물어보는 듯한 소리와 몸짓을 하기 시작했습니다. 내 뜻을 전달하는 건 상당히 힘들었습니다. 처음에는 놀라서 쳐다보거나 참을 수 없다는 듯이 웃을 뿐이었지만, 이윽고 금발의 작은 사람이 내 의도를 알아차렸는지 어떤 이름을 반복해서 말하기 시작했습니다. 그들의 언어로 그 정교한 발

음을 따라 하려는 내 시도는 처음에는 그들에게 엄청난 즐거움을 안겨 주었습니다. 하지만 나는 아이들에게 둘러싸인 선생 같은 기분을 느끼며 끈질기게 노력한 결과, 얼마 지나지 않아 최소한 스무 개 정도의 명사는 자유로이 구사하게 되었습니다. 그런 다음에는 지시 대명사로 넘어갔고, '먹다'라는 뜻의 동사도 배웠습니다. 하지만 진도는 느렸고, 작은 사람들이 곧 싫증을 내며 내 질문을 피하려 들었기 때문에, 하는 수 없이 그들이 내킬 때마다 조금씩 가르쳐 주는 것에 만족하기로 했습니다. 그리고 머잖아 그들이 가르쳐 주는 것이 정말 조금이라는 걸 알게 되었는데, 그들보다 더 게으르고 쉽게 지치는 사람들은 본 적이 없었기 때문입니다.

# VI

나는 곧 이 작은 사람들에게서 기묘한 점을 발견했습니다. 그건 흥미가 부족하다는 것이었어요. 그들은 어린아이처럼 놀란 듯 소리를 지르며 내게 다가왔지만, 금세 나를 살펴보는 걸 그만두고 다른 장난감을 찾아 훌쩍 가 버리곤 했습니다. 식사와 기초 회화가 끝났을 때 맨 처음에 나를 에워쌌던 사람들이 거의 다 가 버렸다는 걸 알아차렸습니다.

내가 순식간에 이 작은 사람들을 대수롭지 않게 여기게 된 것도 희한한 노릇이었죠. 어느 정도 허기를 채우자마자 해가 비치는 바깥으로 나갔습니다. 미래의 인류와는 계속 마주쳤는데, 그들은 약간의 거리를 두고 나를 따라왔습니다. 그들은 나에 대해 재잘거리며 웃었고, 다정하게 미소 지으며 손짓하다가 나를 내버려 두고 다시 가 버렸습니다.

드넓은 홀에서 나왔더니 저녁의 평온함이 세상에 가득했고, 저물어 가는 태양의 따뜻한 햇살을 받은 풍경이 환했습니다. 처음에는 모든 게 너무나 혼란스러웠죠. 내가 알고 있던 세상과는 모든 게, 심지어 꽃들마저도 전혀 달랐으니까요. 방금 전에 나온 커다란 건물은 넓은 강 유역의 비탈에 있었지만, 템스강은 아마도 지금 위치에서 1.6킬로미터쯤 이동한 것 같았어요. 나는 2.4킬로미터 정도 떨어진 언덕에 올라가 보기로 마음먹었습니다. 거기에서는 서기 802701년의 우리 행성을 좀 더 멀리까지 볼 수 있을 테니까요. 이 숫자가 내 기계의 작은 문자판에 표시된 연도라는 걸 말씀드려야겠군요.

걸어가는 동안 내가 도착한 이 세계가 화려하면서도 황폐한 이유를 설명해 줄 만한 단서들을 빠짐없이 찾아봤습니다. 그곳은 실제로 황폐했거든요. 예를 들어 언덕을 조금 올라갔더니 어마어마한 화강암 더미가 알루미늄 덩어리와 한데 뒤엉겨 있고, 가파른 벽과 무너진 잔해들이 방대한 미로를 이루고 있었습니다. 그 사이사이에는 대단히 아름다운 탑 모양의 풀이 무성하게 자라나 있었습니다. 어쩌면 쐐기풀일지도 몰랐지만 잎사귀 가장자리에 근사한 갈색이 돌았고 쐐기풀처럼 쏘지는 않았습니다. 아무튼 그건 어떤 거대한 구조물의 무너진 잔해인 게 틀림없었는데, 무슨 목적으로 지어진 것인지는 알 수 없었어요. 나는 나중에 바로 여기서 대단히 이상한 경험을 하게 되고, 그건 더욱 이상한 것을 발견하게 되리라는 첫 번째 암시였죠. 하지만 이것에 대해서는 때가 되면 말씀드리도록 하겠습니다.

나는 계단식 땅에 앉아 잠시 쉬다가 문득 어떤 생각이 들어 주변을 둘러보고는 작은 집들이 하나도 없다는 걸 깨달았습니다. 단독 주택은, 어쩌면 가정이라는 것마저도, 자취를 감춘 게 분명했습니다. 여기저기 푸른 나무들 사이로 궁전 같은 건물들이 있었지만, 우리 영국의 고유한 풍경을 이루는 특징인 주택과 시골집들은 보이지 않았습니다.

'공산주의.' 나는 속으로 이렇게 말했습니다.

그러자 또 다른 생각이 떠올랐습니다. 나를 따라오던 대여섯 명의 작은 사람들을 쳐다봤더니, 전부 같은 형태의 옷을 입었고 부드러운 얼굴에 털이 없는 것이며 팔다리가 소녀처럼 통통한 것까지 전부 똑같다는 생각이 퍼뜩 든 것입니다. 어쩌면 이걸 진작 알아차리지 못했다는 게 이상해 보일지도 모릅니다. 하지만 모든 게 너무나 이상했거든요. 아무튼 그제야 그 사실이 명백하게 눈에 들어왔습니다. 그리고 우리 시대에는 성별에 따라 다른 의상과 걸모습이나 태도가 미래의 이 사람들에게

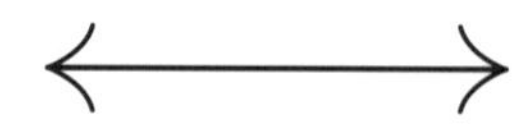

는 똑같았습니다. 아이들도 내 눈에는 부모의 축소판에 불과한 것처럼 보였습니다. 그걸 보면서 나는 이 시대의 아이들은 최소한 육체적으로는 대단히 조숙하다고 생각했고, 나중에 그 생각이 맞았다는 증거를 넘치도록 찾아냈습니다.

이들이 누리는 안락하고 안전한 삶을 보면서 나는 성별의 차이가 거의 없는 것도 그럴 만하다고 느꼈습니다. 남자의 강인함과 여자의 부드러움, 가족 제도, 그리고 직업의 분화는 물리적인 힘이 중요한 시대의 호전적인 필요성에서 생겨난 것이니까요. 인구가 충분하고 균형을 이루는 곳에서는 다산이 국가에 축복이기보다 재앙이죠. 폭력이 드물고 후손이 안정적인 곳에서는 효율적인 가정이 별로, 아니 사실상 전혀 필요하지 않고, 출산과 양육을 위해 구분했던 남녀의 분화는 사라집니다. 우리 시대에도 이런 조짐이 보이기 시작하지만, 미래의 이 시대에 완성이 된 것입니다. 여기서 상기시켜 드려야 할 점은 이게 당시의 내 추측이었다는 겁니다. 나중에야 그게 얼마나 실제와 동떨어졌는지 알게 되죠.

이런 것들을 곰곰이 생각하다 둥근 지붕을 얹은 우물 같은, 작고 예쁜 구조물이 눈에 들어왔습니다. 우물이 아직도 남아 있다니 이상하다는 생각을 얼핏 하고는, 다시 생각을 이어 갔습니다. 언덕 꼭대기 쪽으로는 큰 건물이 하나도 없었고, 내 걸음이 아무래도 저들에게는 신기할 정도로 빨랐기 때문에

**얼마 지나지 않아**
**나는 처음으로**
**혼자 있게 되었습니다.**

묘하게 자유로운 느낌과 모험심에 휩싸인 채 나는 정상으로 힘차게 올라갔습니다. 그곳에서 정확한 재질은 알 수 없는 노란 금속 의자를 하나 발견했습니다. 의자는 여기저기 부식이 된 데다 연분홍빛 녹이 슬었고 반쯤은 부드러운 이끼에 뒤덮여 있었으며, 팔걸이는 그리핀머리·앞발·날개는 독수리이고 몸통·뒷발은 사자인 상상의 동물의 머리 모양으로 다듬어져 있더군요. 나는 그 의자에 앉아 노을빛 아래 펼쳐진 우리의 오래된 세계를 멀리까지 내다봤습니다. 그렇게 감미롭고 멋진 풍경은 본 적이 없었어요. 해는 이미 지평선 아래로 가라앉았고, 황금빛으로 타오르는 서쪽 하늘은 보라색과 진홍색 띠를 두르고 있었습니다. 그 아래는 템스강 유역이었고, 강은 번쩍이게 닦아 놓은 강철 띠처럼 보였습니다. 앞서 말했듯이, 온갖 푸른 나무들 사이로 웅장한 궁전들이 흩어져 있었는데, 폐허로만 남은 곳도 있고 사람이 사는 곳도 있었습니다. 황폐한 정원에는 흰색이나 은색의 조각상이 드문드문 서 있고, 수직으로 솟구쳐 오른 오벨리스크나 둥근 지붕도 곳곳에서 눈에 띄었습니다. 산울타리나 소유권을 나타내는 표지판, 농사를 지은 흔적은 전혀 보이지 않았어요. 땅은 모조리 정원이 되어 버렸습니다.

그렇게 주변을 둘러보며 지금까지 본 것들을 나름대로 해석하기 시작했고, 그날 저녁에 생각이 틀을 잡으면서 이런 식의 결론이 나왔습니다. (나중에야 그게 절반의 진실, 아니 진실의 한 면만을 얼핏 봤을 뿐이라는 걸 알게 되었죠.)

나는 쇠퇴해 가는 인류와 우연히 마주친 것 같았습니다. 붉은 노을을 보면서 인류의 황혼을 떠올린 겁니다. 우리가 지금 쏟고 있는 사회적 노력이 기이한 결과를 낳았다는 걸 처음으로 깨닫기 시작했죠. 하지만 생각해 보면 그건 너무나 논리적인 결과입니다. 힘은 필요의 산물이고, 안전은 나약함을 낳으니까요. 삶의 조건을 개

선하려는 노력, 삶을 점점 더 안전하게 만드는 문명화 과정이 꾸준히 진행되어 정점에 도달했습니다. 인류는 힘을 합쳐서 자연을 상대로 연이은 승리를 거뒀습니다. 지금은 꿈에 불과한 계획을 세워서 주도면밀하게 착수하고 진행한 것이죠. 그리하여 거둔 수확이 내가 본 풍경이었던 겁니다!

아무튼 오늘날의 공중위생과 농업은 여전히 초보적인 단계입니다. 우리 시대의 과학은 인류의 질병이라는 영역에서 작은 부분만을 공략했지만, 그래도 매우 꾸준하고 끈기 있게 공격 범위를 넓혀 가고 있습니다. 우리의 농업과 원예는 그저 이런저런 장소의 잡초만을 없애고 스무 종 남짓한 건강한 식물만을 재배할 뿐, 절대 다수의 품종은 스스로 균형을 찾아 가도록 방치하고 있습니다. 선별적 교배를 통해 선호하는 동식물의 품종을 점진적으로 개량하고 있지만, 그 수는 참으로 적습니다. 새로운 개량종 복숭아가 나오는가 하면 씨 없는 포도가 나오고, 더 향기롭고 커다란 꽃이 피는 식물이 개발되는가 하면 더 유익한 품종의 소를 개발하는 식입니다. 개선이 점진적으로 이루어지는 까닭은 우리의 이상이 모호하고 불분명한 데다가, 지식은 매우 제한적이며, 자연도 우리의 서툰 손길을 꺼리며 느리게 반응하기 때문입니다. 언젠가는 이 모든 것이 더 잘 조직되고, 거기서 더 발전할 겁니다. 어쩌다 소용돌이가 일더라도 그것이 흐름의 방향입니다. 온 세상이 지성을 갖추고 교양을 쌓고 서로 협력할 겁니다. 세상은 자연을 정복하는 방향으로 점점 더 빠르게 나아갈 겁니다. 결국 우리는 인간의 필요에 따라 동식물의 균형을 현명하고 조심스럽게 재조정하겠죠.

이런 조정이 이뤄진 게 분명하고, 잘된 것 같더군요. 실제로 그건 그 시간 동안,

# 내 타임 머신이 여행한 그 시간 동안

이루어진 것입니다. 하늘에는 각다귀가 없고, 땅에는 잡초나 균류가 없었으며, 어디를 보나 향기롭고 아름다운 꽃들과 과일이 있고, 화려한 나비들이 이리저리 날아다녔습니다. 예방 의학의 이상이 실현되고 질병이 근절되었습니다. 그곳에 머무는 동안 어떤 전염병의 기미도 보지 못했습니다. 그리고 부패와 부식의 과정마저도 이런 변화에 큰 영향을 받았다는 건 나중에 말씀드려야 할 것 같습니다.

사회적인 승리들도 이루어졌더군요. 사람들이 근사한 집에서 멋진 옷을 입고 사는 것을 봤고, 힘들게 노동하는 모습은 찾아볼 수 없었습니다. 사회적으로나 경제적으로나 힘들어하는 기색이 전혀 없었습니다. 상점, 광고, 교통 등 우리 세계의 주축을 이루는 모든 상업 활동이 사라졌습니다. 그 황금빛 저녁에 내가 갑자기 사회적 낙원을 떠올린 건 당연했습니다. 인구 증가라는 어려운 문제도 해결되어 인구는 더 이상 증가하지 않는 것 같았습니다.

생물학이 오류투성이가 아니라면, 인간의 지성과 활력의 원인은 무엇일까요? 고난과 자유, 활동적이고 강하고 명민한 사람은 살아남고 약자는 밀려나는 환경, 유능한 사람들의 충실한 협력, 자제력과 인내와 결단력을 장려하는 환경 같은 것들. 그리고 가족 제도와 그 안에서 벌어지는 감정들, 이를테면 격한 질투, 자녀에 대한 애정, 부모의 헌신 등은 아이들이 위험에 직면한 상황에서 정당화되고 장려됩니다. *여기서*, 그런 급박한 위험들은 어디에 있나요? 부부 사이의 질투, 강렬한 모성애, 모든 종류의 열정에 대해서는 반감이 일어나고 그 반감은 계속 증가할 겁니다. 그런 것들은 이제 불필요한 것들이고, 우리를 불편하게 하는 것들, 야만적인 유물, 세련되고 즐거운 삶의 불협화음입니다.

이 사람들의 신체적인 왜소함, 지성의 결핍, 그리고 곳곳에 널린 폐허들을 생각하자니, 자연을 완전하게 정복했다는 믿음이 강해졌습니다. 전투가 끝나면 고요가 찾아오기 마련이니까요. 인류는 강하고 원기 왕성하고 지적이었으며, 넘치는 활력을 그들이 살아가는 환경을 바꾸는 데 모두 쏟아부었습니다. 그리고 이제 그렇게 바뀐 환경의 반작용이 일어난 겁니다.

완벽하게 **편안하고**
**안전한**
새로운
**환경에서는,**

우리에게 강점인 그 활동적인 에너지가 약점이 될 겁니다. 심지어 지금 우리 시대에도 한때는 생존의 필수 조건이었던 성향과 열정이 끊임없는 실패의 근원이 되기도 합니다. 예를 들어 육체적인 용기와 호전적인 기질이 문명인에게는 큰 도움이 되지 않고, 심지어 걸림돌이 될 수도 있습니다. 그리고 신체의 균형과 안전이 확보된 상황에서는 힘, 신체적인 힘뿐만 아니라 지적인 능력까지도 소용이 없어지죠.

내가 판단하기로는 무수히 오랜 세월 동안 전쟁이나 개인적인 폭력의 위험, 또는 야생 동물의 위험이 없었고, 체력을 소진하는 소모성 질환도, 노동의 필요도 없었던 것 같았어요. 그런 삶에서는 우리가 약자라고 불러야 할 사람들도 강자만큼 좋은 조건을 갖추고 있어서 더 이상 약자가 아닙니다. 오히려 그들의 조건이 더 나은데, 강자들에게는 출구 없는 에너지가 애물단지이기 때문입니다. 내가 본 아름다운 건물들은 인류가 마지막으로 목적을 잃은 에너지를 쏟아부어 만든 결과물이었던 게 틀림없습니다. 그리고 그 에너지는 잦아들어 그들이 사는 환경과 완벽한 조화를 이루게 되었고, 그 아름다운 건물들은 마지막 평화의 시대를 연 승리의 장식품이 되었습니다. 이것이 안전해진 시대에 에너지가 맞이하게 된 운명이었죠. 에너지는 예술과 에로티시즘에 빠져들다가 침체되어 쇠퇴합니다.

이런 예술적인 충동조차 결국에는 사라질 것이고, 내가 봤던 시대에는 거의 사라지고 없었습니다. 주변을 꽃으로 장식하고 춤을 추며 햇빛 속에서 노래를 부르는 것, 그 정도가 남아 있는 예술 정신의 전부였고, 더 이상은 없었습니다. 그것마저도 끝내 만족스런 게으름 속으로 사라질 겁니다. 우리는 고통과 결핍이라는 숫돌 위에

서 날을 세우고 있는데, 여기서는 그 가증스러운 숫돌이 마침내 박살이 난 것처럼 보였습니다!

나는 짙어져 가는 어둠 속에 선 채 이 단순한 해석으로 미래 세계의 문제를 간파했다고, 이 감미로운 사람들의 모든 비밀을 알아냈다고 생각했습니다. 인구 증가를 억제하기 위해 고안한 방법들이 너무 큰 성공을 거둔 나머지, 인구가 일정한 수준을 유지하는 것을 넘어 감소했을 가능성도 있었습니다. 그걸로 버려진 폐허들을 설명할 수 있겠죠.

**내 해석은 대단히 단순하고 아주 그럴듯했습니다. 대부분의 잘못된 이론들이 그럴듯이 말입니다!**

# VII

# A SUDDEN SHOCK

## 갑작스러운 충격

그곳에 서서 너무나도 완벽한 인류의 승리를 곰곰이
생각하고 있을 때, 북동쪽 하늘에 보름달이 떠올랐습니다.
아래쪽에서 돌아다니던 작은 사람들은 더 이상 보이지
않았고, 올빼미 한 마리가 소리 없이 훨훨 날아갔습니다.
나는 밤의 한기에 몸을 떨었고, 이제 내려가서 잠잘 곳을
알아봐야겠다고 마음먹었습니다.

아까 갔던 건물을 찾아 주변을 두리번거렸습니다. 그때 높이 떠오르면서 점점 밝아지는 달빛에 청동 받침대 위의 흰색 스핑크스가 눈에 또렷하게 들어왔습니다. 그 뒤로 은빛 자작나무도 보였습니다. 진달래 덤불은 어슴푸레한 달빛에 검은 덩어리로 변했고, 작은 잔디밭도 있었습니다. 잔디밭을 다시 한번 쳐다봤습니다. 야릇한 의구심이 나의 만족감에 찬물을 끼얹었습니다. '아니야.' 나는 속으로 단호하게 말했습니다. '저기는 그 잔디밭이 아니야.'

하지만 *바로* 그 잔디밭이었습니다. 나병 환자 같은 스핑크스의 흰 얼굴이 그곳을 향하고 있었으니까요. 이걸 확신한 순간 내 심정이 어땠을지 여러분이 상상할 수 있을까요? 아마 그럴 수 없을 겁니다.

**타임머신**이
보이지
**않았거든요!**

그 순간, 채찍이 얼굴을 후려치기라도 한 것처럼, 내 시대로 돌아가지 못하고 이 이상한 신세계에 하릴없이 남겨질 가능성이 머리를 스쳤습니다. 그런 생각을 하는 것만으로도 몸이 아플 지경이었습니다. 그 생각이 목을 옥죄고 숨통을 막는 느낌이었어요. 두려움에 사로잡힌 채 곧바로 비탈길을 달려 내려갔습니다. 한번은 앞으로 고꾸라져 얼굴이 찢어졌습니다. 하지만 뜨뜻한 핏줄기가 뺨을 타고 내려와 턱을 적시는데도 지혈하느라 시간을 지체하지 않고 벌떡 일어나서 계속 달렸습니다. 달리는 내내 속으로 이렇게 중얼거렸습니다. '저들이 위치를 약간 옮긴 거야. 다니는 데 방해가 되지 않도록 덤불 아래로 밀어 넣었겠지.' 그러면서도 온 힘을 다해 달렸습니다. 달리는 동안 너무나도 두려운 나머지 그렇게 믿으려 하면서도 그 믿음이 어리석은 짓이라는 걸 알았습니다. 기계가 사라졌으며 이제 찾을 수 없게 되었다는 걸 본능적으로 알았지요. 숨이 턱에 찼습니다. 언덕 꼭대기에서 그 작은 잔디밭까지, 아마도 3킬로미터가 넘는 거리를 10분 만에 달려갔을 겁니다. 젊지도 않은 몸으로 말이죠. 달리면서 기계를 방치한 나 자신의 무모한 어리석음에 고래고래 욕을 하며 아까운 숨을 허비했습니다. 크게 소리를 쳐 봤지만 아무 대답도 없었습니다. 달빛이 은은한 그 세계에는 어떤 생명체도 얼씬거리지 않는 것 같았어요.

잔디밭에 도착하자 최악의 우려는 현실이 되었습니다. 기계는 흔적도 찾아볼 수 없었습니다. 거무스름한 덤불 속에서 빈 공간을 마주했을 때는 현기증이 나면서 몸에 한기가 돌았습니다. 기계가 어느 모퉁이에 숨겨져 있기라도 한 것처럼 미친 듯이 주위를 뛰어다니다가 우뚝 멈춰 섰습니다. 내 머리 위에서는 청동 받침대 위의 스핑크스가 떠오르는 달빛을 받아 희게 반짝이며 나병 환자 같은 얼굴로 나를 굽어보고 있었습니다. 당황하는 나를 조롱하며 비웃는 것 같았어요.

작은 사람들이 나를 위해 기계를 안전한 곳으로 옮겼을 거라고 마음을 달랠 수도 있었을 테지만, 그들의 체력과 지능이 부족하다는 걸 확신했던 터라 나는 절망에 빠졌습니다. 지금껏 전혀 생각지도 못했던 어떤 힘의 개입으로 내 발명품이 사라졌다는 느낌이 들었습니다. 하지만 한 가지는 확실했는데, 또 다른 시대에서 그것과 완전히 똑같은 복제품을 만들지 않은 이상, 그 기계가 시간 이동을 했을 리는 없다는 것이었죠. 레버를 분리할 경우 함부로 타임머신을 조작할 수 없는데, 그 방법은 나중에 보여 드리겠습니다. 그러니 그것은 공간에서만 움직였고, 어딘가에 숨겨진 것이었죠. 그런데 거기가 대체 어디란 말인가요?

나는 일종의 발작 상태였을 겁니다. 달빛 속에서 스핑크스 주변의 덤불을 정신없이 헤치며 뛰어다녔던 기억이 납니다. 그러는 바람에 뭔가 흰 동물이 화들짝 놀라서 튀어나왔는데, 그것은 작은 사슴 같았습니다. 주먹으로 덤불을 내리치다가 급기야 나뭇가지가 부러지고 손가락 마디가 찢어져서 피가 났던 것도 기억납니다. 그러다가 괴로움에 흐느끼고 고함을 치며 거대한 석조 건물로 내려갔습니다. 널찍한 홀은 어둡고 조용하고, 아무도 없었습니다. 고르지 않은 바닥에서 미끄러져 테이블 위로 넘어지는 바람에 정강이가 부러질 뻔했습니다. 성냥불을 켜서 아까 말했던 먼지 덮인 커튼을 젖히고 계속 걸어갔습니다.

그러자 쿠션으로 뒤덮인 널찍한 홀이 또 나왔고, 스무 명 남짓한 작은 사람들이 쿠션 위에서 잠을 자고 있었습니다. 다시 나타난 나는 정말 이상해 보였을 겁니다. 조용한 어둠 속에서 느닷없이 소리를 지르고 타닥거리는 성냥불을 휘둘렀으니 말이에요. 그들은 성냥이라는 걸 완전히 잊어버렸을 테니까요. '내 타임머신 어디 있어?' 나는 성난 어린애처럼 울부짖으며 그들의 멱살을 쥐고 흔들어 댔습니다. 몇몇은 웃음을 터트렸지만, 대부분은 몹시 겁먹은 표정이었습니다. 나를 에워싼 그들을 보면서 그제야 그들에게 두려움의 감정을 되살리려 하다니, 이보다 어리석은 행동도 없다는 데 생각이 미쳤습니다. 낮에 본 그들의 행동으로 미루어 봤을 때 그들은 두려움을 잊은 게 틀림없었기 때문입니다.

나는 성냥을 냅다 내던지고, 넓은 식당을 허둥지둥 가로질러 달빛이 비치는 바깥으로 나왔고, 그러는 와중에 한 사람을 넘어뜨렸습니다. 공포에 질린 외침, 작은 발로 이리저리 뛰어다니며 넘어지는 소리가 들렸습니다. 내가 한 일들을 전부 기억하지는 못합니다. 그토록 화가 났던 이유는 아무래도 기계를 잃어버린 것이 너무 뜻밖이었기 때문일 겁니다. 돌이킬 수 없이 나의 동족들과 단절되어, 미지의 세계에서 이상한 동물로 전락한 느낌이었습니다. 아마 미쳐서 이리저리 날뛰고 신과 운명을 부르며 울부짖었을 겁니다. 길고 긴 절망의 밤이 끝나 갈 때 지독하게 피곤했던 기억이 납니다. 있을 법하지도 않은 장소들을 여기저기 들여다보고 폐허를 뒤지다가 검은 그림자 속에서 낯선 생명체를 건드리기도 했습니다. 그러다가 마침내 스핑크스 옆 땅바닥에 드러누워 기계가 사라지도록 방치한 어리석음에 분노하며 흐느껴 울었습니다. 그러고는 잠이 들었는데, 깨어났을 때는 해가 중천이었고 참새 두 마리가 잔디밭 위를 폴짝폴짝 뛰어다니고 있었습니다.

아침의 상쾌한 공기 속에 일어나 앉아, 어떻게 거기까지 왔는지, 왜 그토록 극심한 고립감과 절망을 느꼈는지 기억을 더듬었습니다. 그러자 머리가 맑아졌습니다. 모든 걸 그대로 보여 주며 이성을 되찾아 주는 밝은 빛 속에서 내가 처한 상황을 제대로 직시할 수 있었습니다. 간밤에 미쳐 날뛴 게 얼마나 어리석었는지 깨닫고 이성적으로 따져 볼 수 있었죠. '최악의 경우는 뭘까?' 나는 생각했습니다.

‘기계를 완전히 **잃어버렸다고**, 어쩌면 **망가졌다고** 가정해 보자.

그렇다면 침착하게 인내심을 가지고, 이 사람들의 방식을 터득해야 해. 기계가 어떻게 사라졌는지를 확실히 밝혀내고 재료와 도구를 확보할 방법을 찾아야 해. 그래야 언젠가는 또 다른 기계를 만들 수 있을 테니까.' 그게 나의 유일한 희망, 아마도 초라한 희망이었지만 그래도 절망보다는 나았습니다. 그리고 어쨌거나 그곳은 아름답고 신기한 세계였으니까요.

하지만 아마 기계는 어딘가에 치워져 있을 겁니다. 침착하게 인내심을 가지고 숨겨진 장소를 알아내서, 힘을 쓰든 머리를 쓰든 그걸 되찾아야 했습니다. 그런 생각으로 간신히 일어나 주변을 둘러보며 어디 몸을 씻을 데가 없을까 생각했죠. 지치고 빼근한 데다, 여행으로 몸이 더러워진 상태였거든요. 아침의 상쾌한 공기를 맡으니 나도 그렇게 상쾌해지고 싶어졌습니다. 감정은 다 소진된 상태였어요. 상황을 정리하면서 생각해 보니, 간밤에 그토록 흥분했다는 걸 이해할 수 없었습니다. 작은 잔디밭 주변을 자세히 살펴봤고, 지나가는 작은 사람들을 붙잡고 내가 할 수 있는 한 온갖 짓을 다해 부질없는 질문을 하느라 괜히 시간만 낭비했습니다. 그들은 하나같이 내 몸짓의 의미를 이해하지 못했는데, 몇몇은 그저 멍한 표정만 지었고 또 몇몇은 그걸 장난으로 여겨 웃음을 터트렸습니다. 웃어 대는 그 예쁜 얼굴을 후려치지 않으려고 안간힘을 써야 했습니다. 그건 어리석은 충동이었지만, 두려움과 맹목적인 분노가 낳은 악마는 제멋대로였고, 여전히 당혹스러운 내 처지를 이용하려 들었거든요. 차라리 잔디밭이 더 도움이 됐습니다. 처음 거기 도착해서 뒤집힌 기계와 씨름하느라 생긴 내 발자국과 스핑크스의 받침대 사이의 중간쯤에 홈이 파여 있는 걸 발견한 겁니다. 기계를 치우느라 생긴 것 같은 다른 흔적들도 있었는데, 희한하게 폭이 좁은 그 발자국들은 마치 나무늘보의 발자국 같았습니다. 그렇다 보니 받침대에 더 관심이 가지 않을 수 없었습니다. 앞서 말했듯이 그건 청동으로 만들어졌는데, 그냥 한 덩어리로 된 것이 아니라 틀에 넣은 판으로 양쪽이 화려하게 장식되어 있었습니다. 다가가서 그 판들을 두드려 봤어요. 속이 비었더군요. 판을 유심히 살펴봤더니 틀 사이에 틈이 있었습니다. 손잡이나 열쇠 구멍 같은 건 없었지만, 만약 내가 생각하는 것처럼 이게 문이라면 안에서 열릴 가능성이 있었습니다. 한 가지는 분명했습니다. 복잡하게 따질 것도 없이, 내 타임머신이 그 받침대 안에 있을 거라고 유추하기란 어렵지 않았습니다. 하지만 그게 어떻게 거기 들어갔느냐는 또 다른 문제였습니다.

덤불을 뚫고 꽃이 만개한 사과나무 아래를 지나 나를 향해 걸어오는 두 사람의 머리가 보였습니다. 나는 웃는 얼굴로 오렌지색 옷을 입은 그들을 향해 다가오라고 손짓을 했습니다. 그러고는 청동 받침대를 가리키며 그걸 열고 싶다는 시늉을 해 보였습니다. 그런데 이런 뜻을 전달했을 때 그들이 보인 행동은 몹시 이상했습니다. 그들의 표정을 뭐라고 표현할 수 있을까요. 예민한 여자에게 상스럽고 부적절한 몸짓을 했을 때 그 여자가 지을 법한 표정이랄까요. 그들은 세상에서 가장 지독한 모욕을 당한 것처럼 가 버렸습니다. 그다음에는 흰옷을 입은 다정한 얼굴의 남자에게 시도를 해 봤는데 결과는 똑같았습니다. 그의 태도에 어쩐지 수치심이 들었지만, 아시다시피 나는 타임머신을 찾고 싶었고, 그래서 그에게 다시 한번 시도를 해 봤습니다. 그마저 앞선 사람들처럼 돌아서 버리자 울분이 치밀었습니다. 세 걸음 만에 성큼성큼 그를 따라잡아 목에 늘어진 옷자락을 움켜쥐고 스핑크스 쪽으로 질질 끌고 갔습니다. 그러다가 그의 얼굴에 어린 공포와 혐오감을 보고는 곧바로 손을 놓아 버렸습니다.

하지만 아직 좌절한 건 아니었습니다. 주먹으로 청동 판을 두드렸습니다. 안에서 뭔가 움직이는 소리가 들린 것 같았습니다. 더 정확하게는 낄낄거리는 웃음소리를 들었다고 생각했지만, 아마 착각이었을 겁니다. 그런 다음에는 강가에서 커다란 돌멩이를 집어다가 소용돌이무늬 장식이 납작해지고 푸른 녹이 바스러져 떨어질 때까지 내리쳤습니다. 양쪽으로 1.6킬로미터 떨어진 곳에서도 요란하게 내리치는 이 소리가 들렸을 텐데, 작은 사람들에게서는 아무 반응이 없었습니다. 비탈에 모여서 나를 훔쳐보는 사람들이 보였습니다. 덥고 지친 나는 마침내 자리에 앉아 받침대를 살펴봤습니다. 하지만 마음이 초조한 탓에 오랫동안 살펴볼 수는 없었습니다. 나는 뼛속까지 서양인인지라 오랫동안 기다리는 건 맞지 않았던 것이죠. 한 가지 문제를 놓고 몇 년씩 연구를 할 수는 있어도 스물네 시간 동안 꼼짝 않고 기다리는 건 또 다른 문제였습니다.

한참 만에 일어나서
덤불 사이를 지나

언덕을 향해 되는대로 걸어가기 시작했습니다.

'인내심을 갖자.'

속으로 다짐했습니다.

'기계를 되찾고 싶으면 저 스핑크스를 건드리지 말아야 해. 저들이 내 기계를 빼앗을 작정이라면 청동 받침대를 망가뜨려 봐야 소용이 없고, 저들에게 그럴 마음이 없다면 달라고 할 경우 바로 돌려주겠지. 알 수 없는 것들에 온통 둘러싸인 채 그런 수수께끼에 골몰해 봐야 소용이 없어. 이 세계를 직시해. 이곳의 방법을 익히고 관찰하고, 그 의미를 성급하게 추측하지 않도록 조심하자. 그러다 보면 결국 모든 것의 실마리를 발견하게 될 거야.' 그러자 문득 그 상황이 우스꽝스럽다는 생각이 들었습니다. 미래로 가려고 몇 년을 연구하며 고생했는데, 이제 거기서 빠져나오기 위해 안절부절못하고 있었으니 말이에요. 누구도 고안하지 못했던 가장 복잡하고 절망적인 덫을 나 자신에게 놓은 꼴이었습니다. 나는 큰 소리로 웃었습니다.

커다란 궁전으로 들어갔는데, 작은 사람들이 나를 피하는 것 같았습니다. 착각일지 모르지만, 청동 문을 두드려 댄 것과 관련이 있었을지도 모릅니다. 어쨌든 피하는 분위기는 분명했습니다. 하지만 나는 관심을 보이지 않으려고 조심했고, 그들을 쫓아다니는 것도 삼갔습니다. 그렇게 하루 이틀 지나다 보니 다시 예전과 같은 상황이 되었습니다. 말도 그럭저럭 늘었고, 틈틈이 여기저기를 뒤지고 다녔습니다. 그들의 언어는 아주 단순했습니다. 구상 명사와 동사로만 거의 이루어져 있었거든요. 추상 명사는 있더라도 아주 적었고, 비유적인 표현도 거의 쓰이지 않았습니다. 문장은 대체로 두 개의 단어로 이루어졌고, 그들은 아주 단순한 구문이 아니면 뜻을 전달하거나 이해하지 못했습니다. 나는 이렇게 지식을 쌓아서 좀 더 자연스럽게 접근할 수 있을 때까지 타임머신과 청동 문의 미스터리는 최대한 기억 한구석에 밀어 두기로 마음먹었습니다. 하지만 내가 도착한 지점에서 몇 킬로미터 밖으로 나갈 마음이 전혀 없었다는 건 다들 이해할 수 있을 겁니다.

# VIII

눈이 닿는 곳까지는 온 세상이 템스강 유역처럼 비옥하고 풍요로웠습니다. 어느 언덕을 올라가더라도 다양한 양식과 자재로 지어진 근사한 건물들이 눈앞에 한가득 펼쳐졌습니다. 군데군데 상록수들이 모여 숲을 이루고, 꽃이 만발한 나무들과 나무고사리가 보이는 것도 똑같았습니다. 여기저기서 물줄기는 은빛으로 반짝였고,

그 너머로는 물결치듯 출렁이는 푸른 언덕이 고요한 하늘
속으로 녹아들었습니다. 그러다 특이한 물건이 나의 관심을
끌었는데, 바로 둥근 우물이었어요. 내가 본 것만 해도
여러 개였고 깊이도 상당한 것 같았습니다. 그중 하나는 첫
산책 때 올라갔던 언덕길 옆에 있었는데, 다른 것들처럼
희한하게 만든 청동 테두리를 둘렀고, 빗물이 들어가지
않도록 작고 둥근 지붕이 덮여 있었습니다. 이 우물 옆에
앉아 어두운 구멍 속을 들여다봐도 물의 반짝임은 전혀 볼
수 없었고, 성냥불이 반사되어 비치지도 않았습니다. 그런가
하면 어디서나 일정한 소리가 들렸는데, 쿵-쿵-쿵 하는
것이 무슨 커다란 엔진의 고동 소리 같았습니다. 그리고
성냥불이 펄럭이는 것을 보고 우물 아래로 공기가 흐른다는
걸 알아냈습니다. 심지어 종이 한 장을 입구 안으로 던져
넣었더니 팔랑팔랑 천천히 내려가는 게 아니라 단번에
빨려들어 사라지는 것이었습니다.

얼마 뒤에는 이 우물들을 비탈길 여기저기에 서 있는 높은 탑들과 연결 지어 생각하게 됐는데, 더운 날 햇볕에 달궈진 해변에서 볼 수 있는 아지랑이가 그 위로 피어오르곤 했거든요. 이런 것들을 종합한 결과 지하에 거대한 환기 장치가 있는 게

분명하다고 생각했지만, 그 장치의 진정한 목적은 가늠하기 힘들었습니다. 처음에는 이 사람들의 위생 설비와 관련이 있을 거라고 생각했습니다. 그게 누가 봐도 명백한 결론이었는데, 완전히 빗나간 추측이었습니다.

미래에 머무는 동안 내가 하수 시설이나 시각을 알리는 종소리, 운송 수단 같은 편의 시설에 대해 거의 알아내지 못했다는 걸 이쯤에서 고백해야 할 것 같습니다. 유토피아와 미래에 대해 내가 읽은 몇몇 책들을 보면 건축과 사회 제도 등에 대해 아주 자세히 설명하고 있습니다. 세계 전체가 한 사람의 상상 속에 담겨 있을 때는 이런 세부적인 것들을 쉽게 묘사할 수 있지만, 실제 미래 세계를 여행하는 사람은 그런 정보를 전혀 파악할 수 없습니다. 생전 처음 런던에 다녀온 중앙아프리카의 흑인이 부족 사람들에게 어떤 얘기를 들려줄지 상상해 보세요! 그가 철도 회사며 사회 운동, 전신 전화, 소포 배달 회사, 우편환우체국을 통하여 돈을 부치는 방법 증서 같은 것들에 대해 뭘 알겠습니까? 그래도 우리는 이런 것들을 그 사람에게 기꺼이 설명해 주겠죠! 그리고 그가 뭘 알게 됐다고 한들, 여행이라는 걸 해 본 적이 없는 그의 친구가 그런 말을 얼마나 이해하거나 믿을 수 있겠습니까? 우리 시대의 흑인과 백인 사이의 격차가 차라리 얼마나 좁은지, 그에 비해 황금시대사회의 진보가 최고조에 이르러 행복과 평화가 가득 찬 시대에 사는 이 사람들과 내 간격이 얼마나 더 넓은지 생각해 보십시오! 나는 보이지는 않아도 생활을 편하게 만들어 주는 것들이 많다는 걸 느꼈지만, 자동으로 작동하는 체계가 있다는 막연한 느낌 말고는 그 차이점을 거의 전달할 수는 없을 것 같습니다.

예를 들어 장례와 관련해서도 화장터는 찾아볼 수 없었고, 무덤처럼 보이는 것도 없었습니다. 하지만 어쩌면 내가 돌아다닌 곳 너머에 공동묘지, 또는 화장터가 있

을지도 모른다는 생각이 들었습니다. 이것 역시 내가 의식적으로 따져 본 문제였는데, 처음에는 호기심을 도저히 해결할 수 없었습니다. 풀 수 없는 이 수수께끼는 나를 더 당혹스럽게 만든 또 다른 문제로 이어졌습니다. 이 사람들 중에는 노인과 병자가 한 명도 없었던 겁니다.

문명이 자동화하면서 인류가 쇠퇴했다고 생각했던 내 첫 이론에 흡족했던 마음은 그리 오래가지 않았다는 걸 고백해야겠습니다. 하지만 다른 이론은 생각할 수 없었습니다. 나름대로 난관이 있었거든요. 내가 돌아본 몇 군데의 커다란 궁전들에는 거실과 넓은 식당, 그리고 침실이 전부였어요. 기계도, 그 어떤 종류의 장치도 찾아볼 수 없었습니다. 그런데 이 사람들은 아름다운 천으로 만든 옷을 입었고, 그 옷들도 한 번씩 갈아입어야 하지 않겠습니까. 그들의 샌들은 비록 장식은 없었지만 상당히 정교한 금속 세공품이었어요. 이런 것들도 어쨌든 만들어졌을 텐데, 작은 사람들에게서는 창의적인 성향이 전혀 보이지 않았습니다. 가게도 없고, 작업장도 없고, 뭔가를 수입하는 것 같지도 않았어요. 그들은 오로지 얌전하게 놀고, 강에서 헤엄을 치고, 장난치듯 사랑을 나누고, 과일을 먹고, 잠을 자면서 시간을 보냈습니다.

## 그런 생활이 어떻게 계속 유지되는지 알 수 없었습니다.

그리고 타임머신만 해도 그래요. 정체를 알 수 없는 뭔가가 그걸 스핑크스의 받침대 속에 집어넣었습니다. *왜 그랬을까요?* 나로서는 도저히 상상조차 할 수 없었습니다. 물이 없는 우물도 그렇고, 아지랑이가 피어나는 탑들도 마찬가지입니다. 실마리를 잡지 못하는 기분이었어요. 그 느낌을 뭐라고 해야 할까요? 여러분이 어떤 비문을 발견했는데, 군데군데 알기 쉽고 훌륭한 영어 문장이 섞여 있지만 나머지는 전혀 모르는 단어, 심지어 미지의 문자로 적혀 있다고 가정해 보면 비슷할까요? 그곳에 도착해서 사흘째 되던 날, 802701년의 세계가 바로 그렇게 보였습니다!

그날은 내가 일종의 친구라고 할 수 있는 사람을 사귄 날이기도 합니다. 얕은 물에서 물놀이를 하는 작은 사람들을 구경하고 있는데 그중 한 명이 쥐가 났는지 하류로 떠내려가기 시작했습니다. 가운데 물살이 다소 빨랐지만 휩쓸려 갈 정도는 아니었습니다. 그러니, 눈앞에서 가냘프게 울부짖으며 가라앉는 그 작은 존재를 구하기 위해 움직이는 사람이 없었다고 말한다면 이들의 기묘한 육체적 결함을 짐작할 수 있을 겁니다. 상황을 알아차린 나는 서둘러 조금 더 아래쪽으로 걸어 들어갔고, 떠내려오는 꼬마를 낚아채서 안전하게 끌고 나왔습니다. 팔다리를 조금 주무르자 여자가 금세 정신을 차려서 나는 그녀를 두고 일어났습니다. 그때는 그들에 대한 평가가 워낙 낮았던 터라 감사 표시 같은 건 기대도 하지 않았습니다. 하지만 그건 나의 착오였습니다.

이 사건은 아침에 있었던 일입니다. 오후에 주변을 둘러보고 돌아오는 길에 내가 구해 준 것처럼 보이는 여자를 만났는데, 그녀는 기쁨의 환성을 지르더니 커다란 화환을 안겨 주었습니다. 순전히 나만을 위해 만든 게 분명한 그 화환이 내 마음을 사로잡았습니다. 아마도 나는 외로웠던 모양입니다. 아무튼 나는 선물을 줘서 고맙다는 뜻을 전하려고 최선을 다했습니다. 우리는 조그만 정자에 함께 앉아 대화를 나눴는데, 주로 미소를 주고받는 것이었죠. 우리는 서로에게 꽃을 건넸고, 그녀는 내 손에 입을 맞췄습니다. 나도 똑같이 따라 했죠. 그런 다음에는 그녀의 이름이 위나라는 걸 알아냈는데, 무슨 뜻인지는 몰랐지만 왠지 잘 어울리는 것 같았습니다. 일주일 동안 지속되다가 끝난 야릇한 우정은 그렇게 시작되었습니다. 그것이 어떻게 끝났는지는 나중에 말씀드리겠습니다!

그녀는 꼭 어린애 같았어요. 늘 나랑 같이 있고 싶어 했죠. 어딜 가든 나를 따라오려 했지만, 다음 탐사길에 그녀는 지쳐 쓰러지고 말았습니다. 결국 애처롭게 나를 불러 대는 그녀를 두고 가야 했습니다. 그러나 나는 그 세계의 의문을 풀어야 했죠. 소꿉놀이 같은 연애나 하자고 미래로 온 게 아니라고 마음을 다잡았습니다. 하지만 혼자 남겨진 그녀는 이루 말할 수 없이 비통해했고, 떨어질 때마다 미친 듯이 펄펄 뛰었습니다. 위나의 헌신은 내게 위안이 되던 만큼이나 골칫거리였습니다. 그래도 대단히 큰 위안이기는 했습니다. 그녀가 내게 매달리는 게 어린애 같은 애착이라고 생각했는데, 혼자 남을 때마다 얼마나 괴로워하는지를 너무 늦게야 알게 되었죠. 그녀가 내게 어떤 의미인지도 너무 늦게 깨달았고요. 이 작은 인형 같은 존재 때문에 스핑크스 근처로 돌아갈 때면 꼭 집에 가는 기분이 들었어요. 나는 언덕을 넘자마자 그녀의 작은 모습을 찾아 두리번거리곤 했죠.

그 세계에서 두려움이 아직 사라지지 않았다는 걸 알게 된 것도 그녀 때문이었습니다. 그녀를 보면 낮에는 겁이 없고 희한하리만큼 나를 믿었습니다. 한번은 장난으로 위협하듯이 얼굴을 찡그렸는데도 그녀는 웃어넘겼습니다. 그런 그녀가 두려워하는 한 가지가 바로 어둠이었어요. 그건 유난스럽도록 격렬한 감정이라, 나는 곰곰이 생각하며 지켜보게 되었습니다.

그러면서
여러 가지 사실을 알게 됐는데,
**그중 하나가**
이 작은 사람들이

**어두워진 후에**
**큰 집에 모여서 함께 잔다는 사실입니다.**

불을 밝히지 않고 그 집 안으로 들어가면 그들은 불안감에 술렁였습니다. 어둠이 내린 후에는 밖으로 나오는 사람을 보지 못했고, 안에서도 혼자 자는 사람이 없었어요. 그런데도 나는 어찌나 멍청했는지 그 두려움이 주는 교훈을 알아차리지 못했고, 위나가 걱정하는데도 불구하고 그 무리를 벗어나 따로 자겠다고 고집을 피웠습니다.

그녀는 그것 때문에 몹시 괴로워했지만 결국 나를 향한 희한한 애정이 승리를 거뒀고, 맨 마지막 밤을 포함해서 우리가 알고 지내는 동안 다섯 번이나 내 팔을 베고 잤습니다. 그녀에 대해 얘기하다 보니 옆길로 새 버렸네요. 위나를 구해 주기 전날 밤이었을 겁니다. 아주 불쾌한 꿈을 꾸며 뒤척이다가 새벽녘에 잠에서 깼습니다. 물에 빠졌는데 말미잘이 부드러운 촉수로 내 얼굴을 더듬는 꿈이었죠. 흠칫 놀라서 깨어났고, 뭔가 희끄무레한 동물이 서둘러 방을 빠져나간 것 같은 이상한 느낌을 받았습니다. 다시 자려 했지만 마음이 불안하고 불편했습니다. 세상이 어둠에서 막 기어 나오는, 만물이 색깔을 잃은 채 윤곽은 뚜렷하면서도 어딘가 비현실적으로 보이는, 어슴푸레한 잿빛의 시간이었죠. 나는 자리에서 일어나 넓은 홀로 내려갔고, 궁전 앞쪽으로 돌이 깔린 곳까지 나갔습니다. 이왕 이렇게 된 김에 해돋이나 보자고 생각했던 것이죠.

달이 지고 있었고, 이우는 달빛과 새벽의 파리한 첫 빛이 창백한 어스름으로 어우러졌습니다. 덤불은 칠흑 같았고, 땅은 칙칙한 잿빛이었으며, 하늘은 쓸쓸하고 흐릿하기만 했습니다. 그때 언덕 위에서 유령이 보인 것 같았어요. 비탈을 훑어보는데 흰 형체가 몇 번이나 보였습니다. 두 번인가는 원숭이 같은 흰 형체 하나가 상당히 빠르게 언덕을 달려 올라가는 걸 본 것 같았고, 한 번은 폐허 근처에서 셋이

한 조를 이뤄 뭔가 검은 덩어리를 옮기는 걸 봤습니다. 그들은 서둘러 움직였는데, 어디로 갔는지는 보지 못했습니다. 그냥 덤불들 속으로 사라진 것 같았거든요. 새벽빛이 여전히 희미할 때였다는 걸 감안하셔야 합니다. 이른 아침의 그 서늘하고 불명확한 느낌은 여러분도 아실 테죠. 나는 그저 내 눈을 의심했습니다.

동쪽 하늘이 차츰 밝아 오고 낮이 되면서 세상이 다시 선명한 색을 되찾았을 때, 나는 풍경을 유심히 훑어봤습니다. 하지만 아까 내가 봤던 흰 형체들은 흔적도 보이지 않았습니다. 그것들은 다만 어스름한 빛이 만든 존재였습니다. '유령이었던 게 틀림없어.' 나는 중얼거렸습니다. '어느 시대의 유령이었을까.' 그랜트 앨런웰스와 동시대에 활동했던 영국 작가의 기이한 주장이 떠오르면서 즐거워졌거든요. 각 세대가 죽어서 유령이 된다면, 결국에는 이 세상이 유령들로 북적이게 될 거라고 그랜트는 주장했죠. 그의 말대로라면 지금으로부터 80만 년 후에는 유령들의 수가 셀 수 없이 많아졌을 테니, 한꺼번에 넷을 봤다고 해서 크게 놀랄 일도 아닐 겁니다. 하지만 이런 익살로는 마음이 흡족하지 않았고, 아침 내내 이 형체들을 생각하다가 위나를 구하면서 그 생각을 털어 냈던 겁니다. 그 형체들은 타임머신을 열정적으로 찾아 나섰던 첫 번째 수색 중에 내가 놀라게 했던 흰 동물과도 관련이 있을 것 같았습니다. 물론 위나에 대한 생각이 훨씬 더 즐거웠지만, 그 형체들은 곧 내 마음을 더욱 사로잡게 됩니다.

이 황금시대의 날씨가 지금보다 훨씬 덥다는 얘기는 이미 한 줄 압니다. 그 이유는 나도 설명할 수 없습니다. 태양이 더 뜨거워졌거나 지구가 태양에 더 가까워졌기 때문일지도 모르죠. 미래에는 태양의 온도가 꾸준히 식어 갈 거라는 생각이 일반적이지만, 다윈 2세《종의 기원》으로 유명한 찰스 다윈의 둘째 아들로 천문학자임의 추론 같

은 것을 잘 모르는 사람들은 행성들이 결국에는 하나씩 어미 별(태양) 속으로 다시 돌아갈 수밖에 없다는 사실을 잊어버리죠. 이런 참사가 벌어지면 태양은 새로운 에너지를 얻어서 활활 타오를 테고, 태양에 가까운 내행성들이 이미 이런 운명에 처했을지도 모릅니다. 이유야 어찌 됐건, 태양이 우리가 아는 것보다 훨씬 더 뜨거웠던 건 사실입니다.

아무튼 몹시 더웠던 어느 날의 아침이었어요. 내 생각에는 아마 네 번째 날이었을 겁니다. 잠을 자고 식사를 마친 큰 집 근처의 거대한 폐허에서 열기와 햇빛을 피할 곳을 찾고 있을 때 그 이상한 일이 벌어졌습니다. 돌무더기 사이로 기어오르다가 좁은 회랑을 하나 발견했는데, 돌들이 무너져 쌓이면서 회랑의 끝과 옆의 창문들은 다 막힌 상태였습니다. 바깥이 워낙 환했기 때문에 처음에는 안이 보이지도 않을 만큼 깜깜했습니다. 밝은 데서 어두운 곳으로 들어가면 눈앞에서 어른거리는 색색의 점들 때문에 나는 더듬더듬 안으로 들어갔습니다. 그러다가 마법에 걸리기라도 한 것처럼 돌연 멈춰 서고 말았습니다. 바깥의 햇빛을 받아 반짝이는 한 쌍의 눈동자가

**어둠 속에서 나를**
**지켜보고 있었기 때문입니다.**

야생 동물에 대한 본능적인 두려움이 나를 덮쳤습니다. 주먹을 움켜쥔 채 이글거리는 눈동자를 계속 주시했습니다. 겁이 나서 몸을 돌릴 수도 없었죠. 그러다가 이

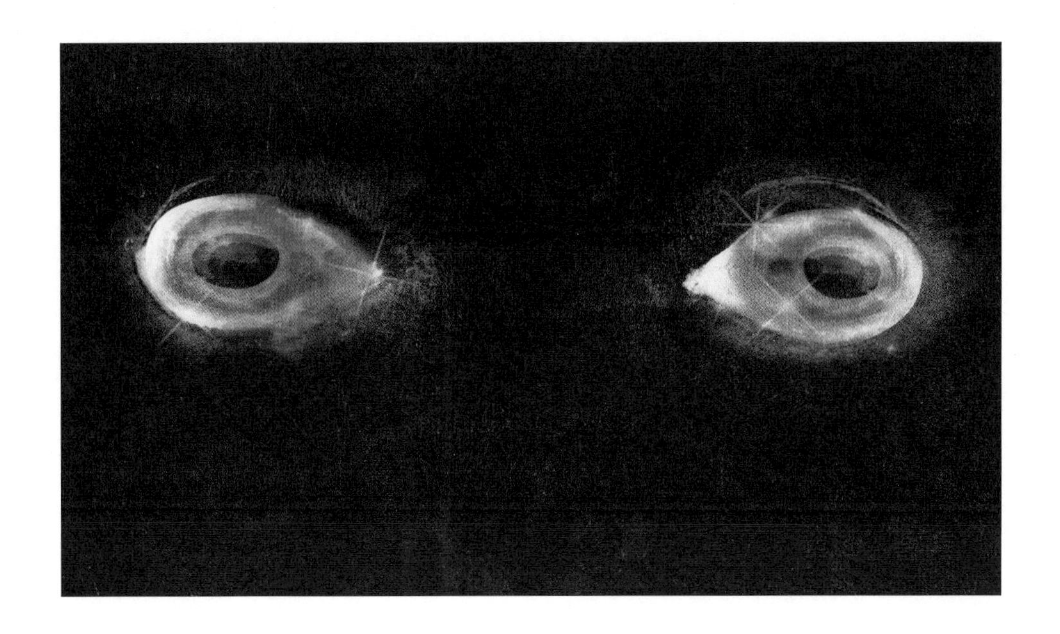

곳 사람들이 누리는 것처럼 보였던 완벽한 안전이 뇌리를 스쳤습니다. 그와 동시에 이 사람들이 이상하리만치 어둠을 무서워한다는 사실도 기억났습니다. 두려움을 어느 정도 떨쳐 낸 나는 한 걸음 다가서며 말을 걸었습니다. 목소리가 제멋대로 갈라지고 떨렸다는 건 인정하겠습니다. 앞으로 뻗은 손에 뭔가 부드러운 것이 닿았습니다. 그때 그 눈동자가 옆으로 휙 돌아갔고, 뭔가 하얀 것이 내 옆으로 달려갔습니다. 화들짝 놀라 몸을 돌렸더니 작은 원숭이 같은 기이한 형체가 고개를 독특하게 숙인 자세로 내 뒤의 해가 비치는 공간을 가로질러 달려가는 것이 보였습니다. 화강암 덩어리에 막혀 어쩔 줄 몰라 하던 그것은 좌우로 비틀대다가 또 다른 돌무더기 아래쪽의 검은 그림자 속으로 순식간에 숨어 버렸습니다.

그것에 대한 내 인상은 물론 불완전합니다만, 칙칙한 흰색이었고 회색빛이 도는 붉은 눈이 이상할 정도로 컸던 건 확실합니다. 그리고 머리부터 등을 따라 황갈

색 털이 나 있었습니다. 하지만 말씀드렸다시피, 워낙 빠르게 지나간 탓에 또렷하게 볼 수는 없었습니다. 심지어 네발로 달려갔는지, 아니면 팔을 낮게 늘어뜨리고 달려갔던 것인지도 알 수 없습니다. 순간적으로 멈칫했던 나는 그것을 따라 두 번째 돌무더기 안으로 들어갔습니다. 처음에는 찾을 수 없었지만, 얼마쯤 지나자 짙은 어둠 속에서 전에 말씀드렸던 그 둥근 우물 같은 구멍을 발견했습니다. 그건 넘어진 기둥에 반쯤 가려져 있었습니다. 불현듯 한 가지 생각이 떠오르더군요. 혹시 이 우물 속으로 사라진 건 아닐까? 성냥불을 켜고 아래를 들여다봤더니 작고 흰 형체가 움직이는 게 보였습니다. 멀어져 가면서도 반짝이는 큰 눈으로 나를 계속 주시했습니다. 몸이 부르르 떨렸습니다. 그건 꼭 거미 인간 같았어요! 그것은 벽을 타고 내려갔고, 그제야 우물 안에 일종의 사다리 역할을 하는 수많은 금속 발판과 손잡이가 박혀 있다는 게 눈에 들어왔습니다. 그때 불이 손가락에 닿는 바람에 성냥을 놓쳐 버렸고, 불을 다시 켰을 때 작은 괴물은 사라지고 없었습니다.

얼마나 오랫동안 그렇게 앉아 우물을 들여다봤는지는 모르겠습니다. 한동안은 내가 본 게 인간이라는 걸 믿을 수가 없었습니다. 하지만 차츰 진실을 깨닫게 되었어요. 인간이 하나의 종으로 남은 게 아니라 별개의 두 종으로 분화했으며, 지상에 남은 우아하고 작은 사람들이 우리의 유일한 자손이 아니고, 조금 전에 내 앞을 쏜살같이 지나간 하얗고 꺼림칙한 야행성 동물도 우리의 후손이라는 것이죠.

아지랑이가 피어오르는 탑이 지하 환기 시설일 거라는 내 가설을 떠올리고, 정말로 그런지 의심하기 시작했습니다. 그리고 내가 완벽하게 균형 잡힌 조직체라고 생각한 이 체계 안에서 그 원숭이들은 대체 어떤 역할을 하는 건지 궁금해졌습니다. 아름다운 지상인들이 누리는 게으른 평온과 어떤 관련이 있는 걸까? 그리고 저기

저 우물 바닥에는 뭐가 숨겨져 있을까? 나는 우물가에 앉아 어쨌든 두려워할 건 아무것도 없다고, 이 문제를 해결하려면 저기로 내려가야 한다고 중얼거렸습니다. 그러면서도 한편으로는 내려가기가 너무나 두려웠죠! 그래서 망설이고 있는데 아름다운 지상인 두 명이 연애 놀이를 하며 햇빛을 가로질러 그늘진 곳으로 달려 들어왔습니다. 남자가 여자를 뒤쫓으며 꽃을 던지고 있었어요.

쓰러진 기둥에 팔을 얹은 채 우물을 들여다보는 나를 발견한 그들은 심란한 눈치였습니다. 이런 구멍에 관심을 갖는 걸 나쁜 짓으로 여기는 게 분명했어요. 내가 그걸 가리키며 그들의 언어로 질문을 하려고 하자 눈에 띄게 더 심란해하면서 고개를 돌려 버리더군요. 하지만 그들은 내 성냥에 흥미를 보였고, 나는 그들을 즐겁게 해 주려고 몇 번이나 성냥을 그었습니다. 그러고는 우물에 대해 다시 물어봤지만 역시 실패였습니다. 그래서 위나에게 돌아가 뭐든 알아볼 요량으로 그들과 헤어졌습니다.

하지만 내 머릿속에서는
**이미 변혁이 일어나고 있었습니다.**

내 추측과 느낌은 이리저리 뒤엉키면서 새롭게 조정되고 있었거든요. 이제 내게는 이 우물의 의미와 환기탑, 유령의 신비를 풀 실마리가 생겼고, 청동 문의 의미와 타임머신의 운명에 대해서도 알 만한 단서를 얻었습니다! 그리고 알쏭달쏭했던 경제 문제를 풀 수 있는 단서도 어렴풋하게나마 얻었습니다.

그 새로운 견해란 이런 것이었습니다. 인류의 두 번째 종은 지하 생활자들입니다. 이들이 좀처럼 지상에 나타나지 않는 이유는 오래 지속된 지하 생활의 결과라고 생각했습니다. 특히 세 가지 점 때문에 그렇게 생각했습니다. 첫째는 주로 어두운 곳에서 생활하는 대부분의 동물에게서 공통으로 나타나는 흰 피부입니다. 예를 들어 켄터키 동굴에 사는 흰 물고기가 그렇죠. 그다음에는 그 커다란 눈이었는데, 올빼미와 고양이의 경우에서 보듯이 빛을 반사하는 커다란 눈동자는 야행성 동물의 공통된 특징이죠. 마지막으로, 햇빛을 받았을 때 눈에 띄게 혼란스러워했다는 점, 어두운 그늘을 향해 서둘러 달려가면서도 우왕좌왕하던 서투른 몸짓, 그리고 빛 속에서 고개를 희한하게 수그린 자세 등은 모두 그들의 망막이 극도로 민감하다는 내 이론을 뒷받침해 줍니다.

그렇다면 내 발밑에는 거대한 터널이 존재하며, 그 터널이 새로운 종의 서식지일 게 틀림없었습니다. 비탈을 따라, 강 유역을 제외한 모든 곳에 환기탑과 우물이 존재한다는 사실은 터널이 얼마나 광범위하게 뻗어 있는지를 보여 주었습니다. 그렇다면 빛의 종족이 누리는 안락한 생활에 필요한 작업들이 인공적인 지하 세계에서 이루어진다고 추측하는 건 얼마나 자연스러운가요? 너무나 그럴듯한 생각이었기 때문에 나는 당장 그걸 받아들였고, 인류가 *어떻게* 분화되었는지 추측해 보기 시작했습니다. 하지만 나는 그게 진실과 아주 동떨어졌다는 걸 곧 깨달았습니다.

우선 우리 시대의 문제에서 출발하면, 오늘날 자본가와 노동자 사이에 존재하는 일시적이고 사회적인 격차가 차츰 확대된 것이 모든 상황을 풀 열쇠라는 게 분명했습니다. 여러분께는 당연히 이상해 보이고, 그래서 좀처럼 믿을 수 없을 테지만, 지금도 그런 방향성을 보여 주는 상황들이 분명히 존재합니다. 문명사회에서는 지하 공간을 덜 장식적인 목적으로 활용하려는 경향이 있습니다. 가령 런던의 지하철을 들 수 있겠죠. 새로 전철이 등장했고, 지하도와 지하 공장, 식당 같은 것들이 계속해서 늘어나며 다양해지는 추세입니다. 이런 추세가 점점 심해진 끝에 산업이 지상에 존재할 권리를 차츰 잃어버린 게 분명하다고 생각했습니다. 점점 더 깊숙이 파고 들어가서 점점 더 넓은 지하 공장을 건설하고 점점 더 많은 시간을 그곳에서 보내다가 결국에는……! 지금도 이스트엔드런던 동부의 빈민가의 노동자는 자연스러운 지구 표면과 사실상 단절된 채 인공적인 환경에서 살고 있지 않습니까?

또한 부자들의 교육 수준이 크게 향상되면서 무례하고 거친 성향의 가난한 사람들과 부자들의 격차는 점점 더 벌어지고 있습니다. 그 때문에 배타적인 성향을 갖게 된 부자들은 이미 지상의 상당한 면적을 자신들만 누릴 수 있도록 폐쇄하고 있습니다. 예를 들어 런던 일대에서 아름답다고 손꼽히는 곳들 중에도 무단출입을 금지하는 곳이 아마 절반은 될 겁니다. 그리고 부자들이 오랫동안 많은 비용을 들여 고등 교육을 받고, 세련된 생활 습관에 필요한 시설과 욕구가 증가하면서 부자와 가난한 사람들 간의 격차는 더욱 커질 것입니다. 그 결과 계층 간 이동이 점점 줄어들고, 사회적 계층화에 따른 종의 분화를 늦춰 주는 계층 간 결혼도 갈수록 감소할 것입니다. 그리하여 결국 지상에는 쾌락과 안락과 아름다움을 추구하는 가진 자들이 남고, 지하에는 못 가진 자들, 즉 노동 조건에 계속 적응해 가는 노동자들이 살게 되는 것이죠. 일단 지하에 살게 되면 굴속의 환기 비용을 지불해야 할 게 틀림없는데, 그것도 만만찮을 겁니다. 지불을 거부하면 연체한 만큼 굶주리거나 질식할 겁니다. 그렇게 궁핍한 상황에 몰리거나 반항하는 자들은 죽게 될 겁니다. 그리고 결국 그런 균형이 영구적이 되면서 지상의 사람들이 자신들의 삶에 적응하듯이, 지하인들도 그 조건에 적응하고 나름대로 행복하게 살게 될 겁니다. 내가 보기에 지상인의 세련된 아름다움과 지하인의 창백함은 자연스런 결과 같았습니다.

내가 마음속으로 꿈꿨던 인류의 위대한 승리는 그것과는 다른 모습이었습니다. 내가 상상했던 도덕 교육과 전체적인 협력의 승리 같은 건 없었습니다. 그 대신 내가 본 것은 완벽한 과학으로 무장하고 현대 산업 사회를 논리적인 귀결로 이끌어 간 귀족 사회였습니다. 인류의 승리는 단순히 자연을 정복해서 거둔 승리가 아니

라, 자연과 동료 인간에 대한 승리였습니다. 여러분께 분명히 말씀드려야 할 점은, 이건 그 당시의 내 가설이었다는 겁니다. 유토피아 책에 나오는 편리한 안내자가 내게는 없었습니다.

**내 해석은 완전히 빗나갔을지도 모르지만, 나는 여전히 그게 가장 그럴듯한 해석이라고 생각합니다.**

하지만 이런 가설을 대입하더라도 인류가 마침내 도달한 균형 잡힌 문명은 이미 오래전에 정점을 지나 쇠퇴기에 접어들었습니다. 지나치게 완벽한 안전 때문에 지상인들은 퇴화해서 움직임이 둔해졌고, 체구와 힘, 그리고 지능마저 쇠퇴하기에 이르렀습니다. 여기까지는 이미 내가 충분히 확인할 수 있었습니다. 지하인들에게 어

떤 일이 벌어졌는지는 아직 짐작하지 못했지만, 내가 본 몰록(이게 그 생명체들을 부르는 이름이었습니다)의 모습으로 판단했을 때 지상의 아름다운 인류인 '엘로이'에 비해 훨씬 심한 변화가 일어났으리라는 걸 상상할 수 있었죠.

그러자 골치 아픈 의문이 뒤따랐습니다. 몰록들은 왜 내 타임머신을 가져갔을까? 나는 그들이 그걸 가져갔다고 확신했거든요. 엘로이가 그들의 지배자라면 왜 그걸 나한테 되찾아 줄 수 없는 걸까? 그리고 그들은 왜 그렇게 끔찍하게 어둠을 무서워할까? 앞서 말했던 것처럼 나는 지하 세계에 대해 위나에게 물어봤지만, 이번에도 실망스러울 뿐이었습니다. 처음에는 그녀가 내 질문을 이해하지 못했고, 그다음에는 대답하기를 거부했습니다. 그것에 대해 얘기하는 것조차 힘들다는 듯이 몸을 덜덜 떨었습니다. 그런데도 내가 어쩌면 조금 심하게 다그쳤더니, 와락 눈물을 쏟았습니다. 내 눈에서 흐른 걸 제외하면, 황금시대에서 본 유일한 눈물이었습니다. 나는 그걸 보고는 몰록에 대한 고민을 당장 중단하고, 인간의 속성을 물려받은 증거인 눈물을 위나의 눈에서 그치게 하는 데에만 몰두했습니다. 그리고 얼마 지나지 않아 내가 엄숙하게 성냥불을 켰더니 그녀는 미소를 지으며 손뼉을 쳤습니다.

# IX

여러분께는 이상하게 여겨질지 모르지만, 나는 이틀이 지나서야 새로 찾아낸 실마리를 적절한 방식으로 좇을 수 있었습니다. 그 창백한 몸뚱이들을 생각하면 묘하게 진저리가 났거든요. 그들은 동물 박물관에 전시된 벌레들처럼 반쯤 표백된 색깔이었어요. 그리고 손이 닿으면 오싹할 만큼 차가웠습니다. 아마 내가 움츠러들었던 건 엘로이와의 교감에 따른 영향이 컸을 겁니다. 몰록에 대한 그들의 혐오를 이제는 나도 이해하기 시작했으니까요.

다음 날 밤에는 잠을 잘 이루지 못했습니다. 아무래도 건강에 조금 무리가 왔던 모양입니다. 당혹감과 의구심이 나를 짓눌렀습니다. 한두 번인가는 뚜렷한 이유도 없이 격렬한 두려움을 느끼기도 했습니다. 작은 사람들이 달빛을 받으며 잠을 자는 커다란 홀로 조용히 기어 들어가 그들이 있다는 사실에 안심했던 기억이 납니다. 그날은 위나도 그 틈에서 잠을 자고 있었죠. 그러면서도 며칠 안으로 달이 하현을 지날 테고, 밤의 어둠이 짙어지면 지하의 이 불쾌한 생명체들, 하얗게 표백된 원숭이들, 오래전의 해충을 대체한 새로운 해충들이 더 빈번히 출몰할지 모른다는 생각이 들었습니다. 그 이틀 동안 나는 불가피한 의무를 회피하는 사람처럼 초조했습니다. 과감하게 지하 세계의 수수께끼 속으로 몸을 던져야만 타임머신을 되찾을 수 있다고 확신하면서도, 그 수수께끼에 맞설 수가 없었습니다. 같이 갈 사람이 한 명이라도 있었더라면 그러지 않았을 텐데. 하지만 나는 등골이 오싹하도록 철저하게 혼자였고, 어두운 우물 속으로 내려간다는 건 생각만으로도 섬뜩했습니다. 여러분이 내 기분을 알 수 있을지 모르겠지만, 한 번도 등 뒤가 안전하다고 느낀 적이 없었습니다.

내가 점점 더 멀리까지 탐험을 나간 건 아마 이런 초조함과 불안감 때문이었을 겁니다. 우리가 쿰우드라고 부르는 고지대를 향해 남서쪽으로 향하다 보니 저 멀리

19세기의 밴스테드 방향으로 거대한 녹색 구조물이 눈에 들어왔습니다. 그것은 그 때까지 내가 본 그 어떤 구조물과도 모양새가 달랐습니다. 내가 알고 있던 가장 큰 궁전이나 폐허보다 더 컸고, 동양풍이었어요. 표면은 반지르르한 것이 중국 도자기처럼 연녹색, 그러니까 일종의 청록색을 띠고 있었습니다. 이렇게 외관이 다르다면 용도도 다를 것 같았고, 그래서 안으로 들어가서 둘러보려 했습니다. 하지만 날이 저물어 가는 중이었고, 한참을 피곤하게 돌아다닌 끝에 그걸 본 터라 그 모험은 다음 날로 미루고 나를 반갑게 맞으며 어루만져 주는 위나에게 돌아갔습니다. 그런데 다음 날이 되자 녹색 도자기 궁전에 대한 나의 호기심은 두려운 경험을 또 하루 미루려는 일종의 자기기만이라는 걸 확실히 깨달았습니다. 더 이상 시간을 허비하지 말고 내려가자고 마음먹었고, 아침 일찍 화강암과 알루미늄이 쌓인 폐허 근처의 우물을 향해 길을 나섰습니다.

위나는 나를 따라 달렸습니다. 우물까지는 내 옆에서 춤을 추듯 따라오더니 내가 몸을 기울여 우물 아래를 들여다보자 이상하게 당황하는 눈치였습니다. '안녕, 나의 위나.' 나는 그녀에게 입을 맞추며 이렇게 말했고, 그녀를 내려놓은 다음 발판으로 삼을 갈고리를 찾아 안쪽의 벽을 더듬었습니다. 고백하자면 다소 서둘렀는데, 용기가 빠져나갈까 봐 두려웠기 때문이었어요! 처음에 위나는 놀란 듯이 나를 쳐다봤습니다. 그러다가 너무나 애처롭게 소리를 지르며 달려와서는 그 작은 손으로 나를 끌어당기기 시작했습니다. 그녀의 반대가 내 신경을 자극해서 오히려 계속했던 것 같아요. 나는 그녀를 조금 거칠다 싶게 떼어 냈고, 곧바로 우물 안으로 들어갔습니다. 우물 벽 너머로 괴로워하는 그녀의 얼굴이 보여서 나는 미소를 지으며 그녀를 안심시켰습니다. 그런 다음에는 내가 매달려 있는 불안정한 갈고리를 내려다봐야 했죠.

우물 속을 따라 한 180미터쯤 내려갔을 겁니다. 벽 양쪽으로 튀어나온 쇠막대에 의존해서 내려갔는데, 나보다 훨씬 작고 가벼운 생물체의 필요에 맞춘 것이다 보니 금세 근육에 경련이 일고 피로해졌습니다. 그리고 그냥 피로하기만 했던 게 아니었습니다! 막대 하나가 내 무게를 견디지 못하고 느닷없이 구부러지는 바람에, 하마터면 발밑의 어둠 속으로 내동댕이쳐질 뻔했습니다. 나는 한 손으로 몸을 지탱했고, 그런 일을 겪고 나자 다시 멈출 엄두를 내지 못했습니다. 이윽고 팔이며 허리가 찌르는 듯이 아파 왔지만, 최대한 빠른 동작으로 가파른 벽을 타고 내려갔습니다.

고개를 들었더니 우물 구멍은 작고 푸른 원반 같았고, 그 틈으로 별 하나가 눈에 들어왔습니다. 위나의 작은 머리는 검고 둥근 돌출부처럼 보였습니다. 밑에서 쿵쿵 울리는 기계음이 점점 커지고 점점 위압적으로 들렸습니다. 머리 위의 그 작은 원반을 제외하면 사방이 짙은 어둠이었고, 다시 올려다봤을 때 위나는 사라지고 없었습니다.

마음이 괴로워서 미칠 지경이었습니다.

다시 우물 위로 올라가서 지하 세계 같은 건 잊어버릴까도 생각했습니다. 하지만 이런 궁리를 하는 동안에도 나는 계속 아래로 내려갔습니다. 마침내 오른쪽으로 30센티미터쯤 떨어진 벽에 좁은 구멍이 뚫려 있는 것이 어렴풋하게 눈에 들어왔고, 나는 그제야 깊은 안도의 한숨을 내쉬었습니다. 몸을 던져서 그 안으로 들어갔더니 수평으로 된 좁은 터널의 입구였어요. 마침 누워서 쉴 만한 곳을 발견해서 다행이었습니다. 팔은 쑤시고 등에는 경련이 일고 추락의 공포로 오랫동안 떨고 있었으니까요. 그런 데다가 끝없는 어둠에 눈이 피로했습니다. 주위는 우물 아래로 공기를 빨아들이는 기계의 쿵쿵거리고 윙윙거리는 소리로 가득했죠.

얼마나 오래 누워 있었는지 모르겠습니다. 얼굴을 만지는 부드러운 손길에 잠이 깼습니다. 어둠 속에서 흠칫 일어나 성냥을 꺼내 들고 서둘러 불을 켰더니 지상의 폐허에서 봤던 것과 비슷한 흰 생명체 셋이 몸을 수그리고 있다가 빛을 보고는 황급히 물러나는 게 보였습니다. 한 치 앞도 보이지 않는 어둠 속에 살다 보니 그들의 눈은 심해어의 동공처럼 비정상적으로 크고 예민했으며, 빛을 반사했습니다. 그들은 빛 한 줄기 없는 어둠 속에서도 나를 볼 수 있는 게 분명했고, 불빛만 아니라면 나를 전혀 두려워하지 않는 것 같았어요. 하지만 내가 성냥불을 켜자마자 그들은 허둥지둥 달아나 어두운 도랑과 굴속으로 사라졌고, 그 너머에서 그들의 눈동자만이 너무도 기괴하게 나를 노려봤습니다.

나는 그들을 불러 보려 했지만 그들이 쓰는 언어는 지상의 것과 다른 듯했습니다. 그래서 누구의 도움도 없이 순전히 나 혼자서 난관을 헤쳐 나가야 했는데, 그때까지도 머릿속으로는 탐험이고 뭐고 도망치자는 생각을 하고 있었습니다. 하지만 나는 속으로 말했습니다. '이제 어쩔 수 없어.' 그러고는 더듬더듬 터널을 따라 나아가자 기계 소리가 점점 커졌습니다. 이윽고 벽이 사라지면서 넓은 공간이 나왔고, 다시 한번 성냥불을 켰더니 천장이 아치처럼 둥글고 거대한 동굴이 성냥 불빛 너머 캄캄한 어둠 속으로 뻗어 나갔습니다. 내 머릿속에 남은 그곳의 풍경은 성냥불이 타는 동안 본 것이 전부입니다.

그러니 기억이 확실하지 않은 건 당연합니다. 대형 기계 같은 커다란 형체들이 어둠 속에서 솟아나 기이한 검은 그림자를 던지고, 희미한 유령 같은 몰록들이 빛을 피해 그 그림자 속에 몸을 숨기고 있었죠. 그나저나 그곳은 숨이 막힐 정도로 몹시 답답했고, 피비린내가 희미하게 감돌았습니다. 정면으로 조금 아래쪽에 자그마한 흰색의 금속 테이블이 보이고, 그 위에는 식사가 차려져 있는 듯했습니다. 몰록은 어쨌거나 육식성이었어요! 그 당시에도 저런 붉은 고깃덩어리를 잘라 낼 만큼 커다란 동물이 어떻게 살아남았을까 궁금했던 기억이 납니다. 모든 게 불분명했습

니다. 지독한 냄새, 크고 무의미한 형체, 그리고 그림자 속에 웅크린 채 내가 다시 어둠에 휩싸이기만을 기다리는 꺼림칙한 존재들! 그때 성냥이 다 타면서 손가락에 닿았다가 떨어졌고, 빨간 점 하나가 어둠 속에서 몸부림을 쳤습니다.

그때부터 내가 얼마나 대책 없이 이런 모험에 나섰는지를 줄곧 생각했습니다. 타임머신을 타고 출발할 때는 미래의 인류가 모든 장비에서 우리를 한참 앞서 있을 게 틀림없다고 생각했는데, 터무니없는 추측이었습니다. 내게는 무기도, 약품도, 담배도 없었고, 심지어 성냥조차 충분하지 않았어요. 가끔은 담배가 얼마나 그립던지요! 코닥 카메라만 챙겼어도! 지하 세계의 풍경을 순식간에 카메라에 담았다가 천천히 살펴볼 수 있었을 텐데. 하지만 그러질 못했으니 자연이 베풀어 준 무기와 힘, 그러니까 손발과 이만을 지닌 채 그곳에 서 있었습니다. 그것 말고는 성냥뿐이었는데, 그마저도 이제 네 개비만 남아 있었죠.

어둠 속에서 이런 기계들 사이로 들어가기가 두려웠고, 마지막으로 켰던 성냥이 꺼져 갈 때에야 성냥도 얼마 남지 않았다는 걸 알았습니다. 그 전까지는 성냥을 아껴야 한다는 생각을 한 번도 하지 않았기 때문에 불을 신기해하는 지상인들을 놀래 주려고 성냥을 거의 반 갑이나 허비했어요. 그래서 이제 성냥은 네 개비밖에 남지 않았지요. 그렇게 어둠 속에 서 있으려니 웬 손 하나가 내 손을 만지고 가느다란 손가락들이 내 얼굴을 더듬는데, 독특하고 불쾌한 냄새가 풍겼습니다. 나를 에워싼 끔찍한 그 작은 생명체들의 숨소리가 들리는 것 같았어요. 내 손에 쥐고 있던 성냥갑을 슬그머니 빼 가려는 게 느껴졌고, 뒤쪽에서는 또 다른 손들이 내 옷을 잡아당겼습니다. 보이지 않는 것들이 나를 조사하는 것 같은 그 기분은 뭐라 말할 수 없이 불쾌했습니다. 그들의 사고와 행동 방식에 대해 내가 아무것도 모른다는 사실을 어둠 속에서 너무나 갑작스럽게 깨달았습니다. 나는 그것들을 향해 있는 힘껏 소리를 질렀습니다.

그들은 놀라서 물러났지만, 그랬다가 다시 다가오는 걸 느낄 수 있었습니다. 그들은 이상한 소리로 서로 속닥거리며 나를 더 대담하게 부여잡았습니다. 나는 격렬하게 몸을 떨었고 다시 한번 소리를 질렀지만, 어쩐지 목이 쉰 듯한 소리가 났습니다. 이번에는 그들도 크게 놀라지 않았고, 괴상한 웃음소리를 내며 다시 내게 다가왔습니다. 솔직히 말하자면, 끔찍하게 겁이 났습니다. 나는 성냥불을 켜서 그 불빛의 보호를 받으며 도망치자고 마음먹었습니다. 그래서 성냥을 켜서 주머니에 있던 종이에 옮겨붙여 펄럭이는 빛을 조금이나마 오래 이어 가며 좁은 터널까지 도망쳤습니다. 그런데 터널에 들어서자마자 불이 꺼졌고, 암흑 속에서 몰록들이 서둘러 나를 쫓아오는 소리가 바람에 바스락거리는 나뭇잎처럼, 후드득 떨어지는 빗방울처럼 들렸습니다.

순식간에 여러 개의 손이 나를 붙들었고, 그들이 나를 다시 끌고 가려 했습니다. 또다시 성냥불을 켜서 그들의 얼굴에 대고 휘둘렀습니다. 눈이 부셔서 어리둥절해하는 그들이 얼마나 구역질 나도록 이상하게 생겼는지 여러분은 상상도 할 수 없을 겁니다. 창백하고 턱도 없는 얼굴, 크고 눈꺼풀이 없으며 불그스름한 회색 눈! 하지만 그들을 보려고 멈춰 서 있지는 않았습니다. 나는 다시 도망쳤고, 두 번째 성냥이 꺼졌을 때 세 번째 성냥을 그었습니다. 그리고 그게 거의 다 탔을 때쯤 우물로 이어지는 입구에 도착했습니다. 아래에 있는 거대한 펌프의 고동 소리에 현기증이 나서 그 끄트머리에 드러누웠습니다. 그러고는 돌출한 갈고리를 찾아 벽을 더듬는데, 그때 뒤에서 뭔가가 내 발을 움켜잡더니 냅다 끌어당기는 것이었습니다. 그래서 마지막 성냥불을 켰건만…… 곧바로 꺼지고 말았습니다. 그러나 나는 한 손으로 벽의 막대를 잡은 상태였고, 격렬한 발길질로 몰록의 손아귀를 벗어난 다음, 그들이 눈을 끔뻑이며 나를 바라보는 동안 빠르게 우물을 기어 올라갔습니다. 하지만 한 놈이 한참 따라오는 바람에 신발 한 짝을 전리품으로 빼앗길 뻔했죠.

올라가는 길은 끝이 나지 않을 것 같았습니다. 6~9미터쯤 남겨 놨을 때는 속이 너무 울렁거려서 막대를 붙들고 있는 것조차 힘들었어요. 마지막 몇 미터는 정신을 잃지 않으려고 안간힘을 써야 했죠. 머리가 어지러워서 몇 번이나 추락하는 느낌이 들기도 했습니다. 하지만 마침내 우물의 입구를 넘어섰고, 비틀거리며 폐허를 벗어나 눈이 멀 것 같은 햇빛 속으로 나왔습니다. 그러고는 앞으로 고꾸라졌어요. 흙내마저 감미롭고 신선하더군요. 그때 위나가 내 손과 귀에 입을 맞췄고, 다른 엘로이들의 목소리가 들렸던 것도 기억납니다. 그리고 한동안 나는 의식을 잃었습니다.

# X

이제는 정말이지 전보다도 상황이 더 심각해진 것 같았습니다. 지금까지는 타임머신을 잃어버린 것에 대해 밤에나 괴로워했을 뿐 결국에는 탈출할 수 있을 거라는 희망을 버리지 않았건만, 이렇게 새로운 사실들을 발견하면서 그 희망마저 무너지기 시작했습니다. 지금까지는 작은 사람들의 어린아이 같은 단순함 때문에 지체된다고만 생각했고, 미지의 어떤 힘이 방해하고는 있어도 그걸 넘어설 방법을 알아내기만 하면 된다고 믿었습니다. 그런데 몰록의 구역질 나는 특징, 어딘가 비인간적이고 사악한 그 특징은 완전히 새로운 요인이었습니다. 나는 본능적으로 그들을 혐오했습니다. 그 전까지는 구덩이에 빠진 사람이 느낄 법한 기분이 들었거든요. 구덩이가 걱정이었고 거기서 빠져나갈 방법이 고민이었죠. 그런데 이제는 덫에 걸린 짐승 같은 기분이 들었고, 적이 금방이라도 나를 덮칠 것 같았습니다.

내가 두려워했던 그 적이 무엇인지 말하면 여러분은 놀랄지도 모릅니다. 그건 초승달이 뜨는 밤의 어둠이었으니까요. 이 두려움을 내 머릿속에 심어 놓은 건 처음에는 알아듣지 못할 소리로 '어두운 밤'에 대해 늘어놓은 위나였어요. 다가오는 어두운 밤이 무엇을 의미하는지 짐작하는 건 이제 그리 어려운 문제가 아니었죠. 달이 이울고 있었습니다. 어둠의 길이는 하루하루 더 길어졌습니다. 그리고 이제는 나도 작은 지상인들이 어둠을 두려워하는 이유를 조금은 이해할 수 있었습니다. 초승달 밑에서 몰록들이 어떤 몹쓸 짓을 저지를지 막연하게 궁금했습니다. 내 두 번째 가설이 완전히 빗나간 건 이제 확실했습니다. 한때는 지상인들이 특권을 누리는 귀족이었고 몰록은 그들이 기계처럼 부린 하인이었을지 모르지만, 그건 오래전의 이야기였습니다. 인류의 진화에 따라 분화한 두 종족은 완전히 새로운 관계로 나아가고 있었거나, 어쩌면 이미 그곳에 도달했던 겁니다. 엘로이는 카롤링거 왕조751년부터 10세기까지 서유럽을 지배한 프랑크 왕국의 왕조의 왕들처럼 그저 아름다울 뿐 쓸모라곤 없는 존재로 쇠퇴했습니다. 그들이 아직 지상을 차지하고 있는 것은, 몰록이 수많은 세대에 걸쳐 지하 생활을 해 온 탓에 결국 햇빛이 비치는 지표면을 견딜 수 없게 됐기 때문이죠. 그리고 몰록이 엘로이들의 의복을 만들고 일상적인 뒷바라지를 하는 이유는 시중을 들던 예전의 습관이 남았기 때문일 거라고 나는 추측했습니다. 그들에게는 그게 서 있는 말이 앞발로 땅을 긁거나 사냥꾼이 재미 삼아 동물을 죽이는 것과 마찬가지였죠. 필요는 오래되어 소멸되었지만 그런 행동이 존재에 각인됐던 겁니다. 하지만 낡은 질서는 이미 부분적으로 파기된 것이 분명했습니다. 허약한 종족을 노리는 복수의 여신이 빠르게 다가오고 있었거든요. 아주 오래전, 수천 세대 전에, 인간은 자신의 형제를 안락과 햇빛에서 몰아냈습니다. 그리고 이제 그 형제가 돌아오고 있었죠. 달라진 모습으로! 엘로이는 이미 해묵은 교훈 하나를 새롭게 배우기 시작했습니다. 그들은 두려움을 다시 익히고 있었습니다. 그때 지하세계에서 봤던 고기의 기억이 불현듯 떠올랐습니다. 어쩌다 그 기억이 머릿속에 떠올랐는지 희한했습니다. 생각의 흐름에 따른 게 아니라, 마치 밖에서 누가 질문을 던진 것 같았죠. 나는 그 고기의 형태를 떠올려 보려고 노력했습니다. 어딘가 막연하게 익숙한 느낌이었지만, 그때는 그게 뭔지 알 수 없었습니다.

하지만 이 작은 사람들이야 정체를 알 수 없는 두려움 앞에서 무력하다고 해도, 나는 달랐습니다. 나는 우리 시대, 인류의 전성기인 이 시대, 두려움이 인간을 마비시키지 않고 모른다는 이유로 공포에 질리지 않는 시대를 살고 있으니까요. 최소한 나 자신은 지킬 수 있을 겁니다. 나는 지체 없이 무기와 잠을 잘 요새를 만들기로 했습니다. 그런 피난처를 기지로 삼으면 밤마다 어떤 생명체에 무방비로 노출되어 있다는 생각에 잃어버렸던 자신감을 어느 정도 되찾고, 이 이상한 세상을 당당하게 마주할 수 있을 테니까요. 그들로부터 안전한 잠자리를 확보하지 않으면 잠을 잘 수 없을 것 같았습니다. 그들이 이미 나에 대한 조사를 마쳤을 게 틀림없다고 생각하니 공포감에 몸이 부르르 떨렸습니다.

오후에는 템스강 유역을 돌아봤는데, 몰록이 접근하기 어렵겠다 싶은 곳은 어디에도 보이지 않았습니다. 그 우물로 판단하건대, 몰록처럼 민첩하게 기어오르는 놈들이라면 건물이며 나무들은 전부 쉽사리 드나들 수 있을 것처럼 보였습니다. 그때 녹색 도자기 궁전의 높은 첨탑과 번들거리는 벽이 떠올랐습니다. 그래서 그날 저녁에 위나를 아이처럼 무등 태워서 언덕을 넘어 남서쪽으로 향했습니다. 10여 킬로미터 정도일 거라고 생각했던 거리는 30킬로미터 가까이 되는 것 같습니다. 처음에 그곳을 봤을 땐 습기가 많은 오후여서 거리가 실제보다 짧게 느껴졌던 모양입니다. 게다가 한쪽 신발의 뒤축이 헐거워지고 못 하나가 밑창을 뚫고 올라와서 나는 절뚝이며 걷고 있었어요. 실내에서 신는 낡고 편안한 신발이었답니다. 엷은 황색의 하늘을 배경으로 검은 윤곽을 그리는 궁전이 눈에 들어왔을 때는 해가 진 지 오래였습니다.

위나는 내가 무등을 태워서 출발할 때는 무척 기뻐하더니 얼마쯤 지나자 내려 달라고 했고, 옆에서 깡충거리며 이쪽저쪽으로 달려가 꺾어 온 꽃을 내 주머니에 꽂았습니다. 위나는 늘 내 호주머니를 신기해했는데, 마침내 그게 꽃 장식을 위한 별난 꽃병이라고 결론을 내린 모양이었습니다. 아무튼 그녀는 그걸 그런 용도로 사용했습니다. 그러고 보니 생각이 나는군요! 웃옷을 갈아입다가 찾아낸 건데…….

*시간 여행자는 여기서 말을 멈추고는 주머니에서 꺼낸 시든 꽃 두 송이를 테이블 위에 가만히 내려놓았는데, 그 꽃들은 아주 커다란 흰색 당아욱꽃과 비슷해 보였습니다. 그러고는 이야기를 계속 이어 갔습니다.*

저녁의 고요가 온 세상에 감돌고 우리가 언덕을 넘어 윔블던으로 향해 갈 때, 지친 위나는 회색 돌집으로 돌아가고 싶어 했습니다. 하지만 나는 멀리 보이는 녹색 도자기 궁전의 첨탑을 가리키며 그녀가 두려워하는 것을 피해 저기 피신할 거라는 사실을 어떻게 이해시킬지 궁리했습니다. 땅거미가 내려앉기 전에 사방이 고요해지는 순간은 다들 아시겠죠? 그때는 나무들 사이를 지나는 바람마저 잠잠해집니다. 저녁의 고요 속에는 늘 어떤 기대가 담겨 있는 것 같죠. 하늘은 맑고 드넓었고, 저 멀리 석양빛이 지평선에 낮게 걸린 걸 제외하면 텅 비어 있었습니다. 그런데 그날 저녁에는 그런 기대감이 두려움의 색깔로 물들었습니다. 어두워지는 그 잔잔함 속에서 내 모든 감각이 초자연적으로 예민해지는 느낌이었습니다. 흡사 발밑에 굴이 뚫린 것까지 느껴지고, 아닌 게 아니라 개미굴 속에서 분주히 오가며 어둠을 기다리는 몰록들까지 보일 것만 같았습니다. 흥분한 탓인지, 내가 자신들의 굴에 침범한 걸 그들이 선전 포고로 받아들일 거라는 생각마저 들었습니다. 그런데 놈들은 왜 내 타임머신을 가져간 걸까요?

우리는 조용한 가운데 계속 걸어갔고, 황혼의 어스름이 짙어져 밤이 되었습니다. 저 멀리 맑고 푸르던 하늘색이 옅어지더니 별이 하나둘씩 나타났습니다. 땅은 점점 흐릿해지고 나무들은 검게 변했습니다. 위나의 두려움과 피로도 커졌습니다. 나는 그녀를 안고 이런저런 말을 해 주며 어루만졌습니다. 그러다가 어둠이 점점 짙어지자 그녀는 내 목에 팔을 두르고 눈을 감더니 얼굴을 내 어깨에 묻었습니다. 그렇게 우리는 긴 비탈을 내려와 강의 유역에 닿았고, 주변이 어둑한 탓에 자칫 작은 강에 빠질 뻔했습니다. 그 강을 건너 반대편 유역의 비탈에 올라간 나는 잠든 집들을 지나갔고, 머리가 사라진 목축의 신처럼 보이는 조각상도 지났습니다. 이곳에도 아카시아가 있었습니다. 이때까지는 몰록을 전혀 보지 못했지만, 아직 밤이 이른 데다 달이 뜨기 전의 그 어둠은 조금 더 기다려야 했습니다.

다음 언덕의 산마루에 올라서자 울창한 숲이 검은색으로 넓게 펼쳐져 있었습니다. 그걸 보니 조금 망설여지더군요. 숲은 오른쪽으로도 왼쪽으로도 끝이 보이지 않았습니다. 피곤하고 특히 발이 너무 욱신거린 탓에 걸음을 멈추고 위나를 어깨에서 내려놓은 후, 잔디밭에 앉았습니다. 녹색 도자기 궁전은 더 이상 보이지 않았고, 제대로 가고 있는 건지 의구심이 들었습니다. 울창한 숲을 들여다보면서 저 안에 도사리고 있을 것들을 생각했습니다. 저렇게 빽빽하게 뒤엉킨 나뭇가지 밑에서는 별도 보이지 않을 것입니다. 설사 저 속에 다른 위험이, 상상조차 하고 싶지 않은 그런 위험이 숨어 있지는 않더라도, 나무뿌리에 걸려 넘어지거나 나무줄기에 부딪힐 위험은 있을 겁니다. 낮에 고생을 한 탓에 나 역시 몹시 피곤했습니다. 그래서 그런 위협을 무릅쓰는 대신 탁 트인 언덕에서 밤을 지내기로 결심했습니다.

다행히 위나는 잠이 깊이 들었더군요. 나는 그녀에게 조심스레 웃옷을 덮어 주고 그 옆에 앉아 달이 뜨길 기다렸습니다. 비탈은 조용하고 황량했지만, 검은 숲에서는 이따금 뭔가 살아 있는 것이 움직이는 소리가 들렸습니다. 대단히 청명한 밤이었고 머리 위에서는 별들이 반짝였습니다. 반짝이는 별들이 나를 다정하게 위로하는 듯했습니다. 하지만 익숙한 별자리들은 전부 사라졌는데, 인간이 백 번을 나고 죽는 동안 감지할 수 없을 만큼 느린 이동을 통해 별자리들은 이미 오래전에 생소한 자리로 옮아간 것이었습니다. 하지만 은하수는 여전히 별 가루를 뿌리며 흐르는 것 같았습니다. 남쪽이라고 여겨지는 곳에는 내가 처음 보는 아주 밝은 붉은색 별이 떠 있었습니다. 우리 시대의 초록빛 시리우스보다 훨씬 찬란했습니다. 그리고 번쩍이는 수많은 빛의 점들 속에서 밝은 행성 하나가 오랜 친구의 얼굴처럼 변함없이 다정하게 빛났습니다.

이 별들을 보고 있자니

갑자기 내 걱정거리와 **지상의 모든 무게들이** 하잘것없어졌습니다.

가늠할 수 없는 별들의 거리를 생각하고, 알 수 없는 과거로부터 알 수 없는 미래를 향해 천천히 움직이는 별들의 필연적인 이동을 떠올렸습니다. 지구의 극이 세차 운동지구의 자전축이 천구의 별자리를 기준으로 약 26,000년에 한 번 하는 회전 운동으로 그리는 거대한 원을 생각했습니다. 내가 시간 여행을 하는 동안 그 조용한 회전 운동은 겨우 마흔 번밖에 일어나지 않았습니다. 그리고 그 몇 번의 회전이 이루어지는 동안 내가 아는 인류의 모든 활동, 모든 전통, 복잡한 조직, 국가, 언어, 문학, 염원, 심지어 인류에 대한 기억마저도 모두 휩쓸려 사라졌습니다. 그리고 그 자리에는 자신들의 고귀한 조상을 잊어버린 이 허약한 생명체와 내가 두려워하게 된 그 하얀 놈들이 생겨난 겁니다. 그러자 이 두 종 사이에 존재하는 거대한 공포가 떠올랐고, 그제야 비로소 내가 봤던 그 고기가 무엇인지 분명하게 깨닫고는 갑자기 몸서리를 쳤습니다. 하지만 그건 너무나 끔찍했습니다! 나는 옆에서 자고 있는 위나를 가만히 쳐다봤습니다. 별들 아래에서 별처럼 빛나는 그 하얀 얼굴을 보며 그 끔찍한 생각을 털어 버렸습니다.

기나긴 밤을 보내는 동안 몰록은 될 수 있는 대로 생각하지 않으려 했고, 새로운 별자리 속에서 예전의 별자리를 찾아낼 수 있을 거라고 상상하며 시간을 보냈습니다. 흐릿한 구름 한두 점을 제외하면 하늘은 계속해서 아주 맑았습니다. 물론 가끔은 깜빡 졸기도 했죠. 그러다가 불침번이 끝나 갈 때쯤 동녘 하늘이 무채색의 불빛을 받은 것처럼 어렴풋이 밝아 왔고, 이지러져 가는 달이 떴습니다. 가늘고 뾰족하고 하얀 달이었죠. 그러고는 곧이어 달을 따라잡아 덮치듯이 새벽이 왔는데, 처음에 창백하던 빛은 점점 발그레하고 따뜻해졌습니다. 우리에게 다가온 몰록은 없었습니다. 실제로 그날 밤에는 언덕에서 그들을 전혀 보지 못했습니다. 그리고 새날

이 되어 자신감을 되찾자, 내 두려움은 거의 터무니없게 여겨졌습니다. 일어났더니 뒤축이 헐거워진 쪽의 발목이 붓고 뒤꿈치가 아팠습니다. 그래서 다시 주저앉아 신발을 몽땅 벗어서 던져 버렸습니다.

나는 위나를 깨워서 숲으로 들어갔습니다. 검고 꺼림칙했던 곳이 이제는 녹색으로 상쾌해 보였습니다. 과일이 조금 있기에 그것으로 요기도 했죠. 우리는 곧 다른 우아한 사람들을 만났는데, 그들은 밤이라는 게 자연에 존재하지 않는 것처럼 햇살 속에서 웃으며 춤을 추고 있었습니다. 그런데 그때, 전에 봤던 고기가 다시 한번 떠올랐습니다. 이제는 그게 뭔지 확신이 들었고, 인류의 대홍수가 지나고 마지막으로 남은 이 실개천 같은 가냘픈 종족에게 깊은 연민을 느꼈습니다. 먼 옛날 인류가 쇠퇴하던 어느 시점에서 몰록의 식량이 떨어졌던 게 분명했습니다. 쥐나 그런 종류의 해로운 동물들을 먹고 살았겠죠. 지금도 인간은 과거에 비해 음식을 따지고 가리는 경향이 덜합니다. 원숭이보다 훨씬 덜하죠. 인육을 꺼리는 편견은 마음속 깊이 자리 잡은 본능이 아닙니다. 그리고 인간성을 상실한 인류의 이 후손들은……! 나는 과학적인 태도로 그들을 바라보려고 노력했습니다. 어쨌거나 그들은 3~4천 년 전의 식인종 조상들보다 더 비인간적이고 우리와의 거리도 더 멀었으니까요. 그리고 이런 상황을 참을 수 없는 고문으로 느끼게 만들었을 지성은 사라지고 없었습니다. 그런데 내가 왜 괴로워해야 합니까? 이 엘로이들은 그저 살찐 소 떼, 개미 같은 몰록들이 지켜보다가 잡아먹는, 어쩌면 번식에도 신경을 쓰는 가축에 불과했습니다. 그리고 내 옆에는 춤을 추는 위나가 있었죠!

그래서 나는 그걸 인류의 이기심에 내려진 가혹한 벌로 여기면서 밀려드는 공포로부터 나를 지키려 했습니다. 인간은 동족의 노동 위에서 안락과 즐거움을 누리는 것에 만족했고, 필요성을 슬로건이자 핑계로 삼았지만, 어느 순간에 이르러 그 필요성이 자신들에게 닥친 것입니다. 나는 비참하게 쇠퇴한 이 귀족들을 칼라일영국의 사상가처럼 비웃어 보려고도 했습니다. 하지만 그런 마음을 갖는 것은 불가능했습니다. 그들이 아무리 지적으로 퇴화했더라도 엘로이는 여전히 인간의 형태를 너무나 고스란히 간직하고 있어서 나로서는 감정 이입을 하지 않을 수 없었고, 그들의 퇴화와 두려움을 공유할 수밖에 없었습니다.

당시에는 어떻게 행동해야 할지 그저 막연했습니다. 처음에는 안전한 피난처를 확보하고 쇠나 돌을 이용해서 되는대로 무기를 만들어야겠다고 생각했죠. 그건 당장 필요한 일이었습니다. 그다음으로는 어떻게든 불을 피울 수단을 확보하고 싶었어요. 그러면 횃불이라는 무기를 손에 넣게 될 텐데, 몰록을 막는 데에는 그보다 효과적인 게 없다는 걸 알았거든요. 그리고 흰색 스핑크스 아래의 청동 문을 부술 장치도 마련하고 싶었습니다. 내가 염두에 뒀던 건 성문을 부수는 공성 망치였어요. 타오르는 횃불을 들고 그 안으로 들어갈 수 있다면 타임머신을 발견해서 탈출할 수 있을 거라고 믿었죠. 몰록이 그걸 멀리 치울 만큼 강할 거라고는 믿을 수 없었습니다. 나는 위나를 우리 시대로 데려가겠다고 결심했고, 머릿속으로 이런 궁리를 하면서 내 멋대로 우리의 거처로 정해 버린 건물을 향해 나아갔습니다.

# XI

# THE PALACE OF GREEN PORCELAIN

## 녹색 도자기 궁전

정오 무렵에 다다른 녹색 도자기 궁전은 방치된 채 쓰러져 가는 폐허였습니다. 창문에는 깨진 유리 조각들만 흔적처럼 남아 있고, 건물 겉을 덮은 거대한 녹색 판도 삭은 금속 테두리에서 떨어져 나갔습니다. 궁전은 잔디로 뒤덮인 구릉에서도 아주 높은 곳에 서 있었는데, 안으로 들어가기

전에 북동쪽으로 시선을 돌렸다가 넓은 강어귀, 어쩌면
작은 만 같은 게 보여서 깜짝 놀랐습니다. 한때 원즈워스와
배터시가 있었던 곳이 틀림없다고 판단했습니다. 순간적으로
바다 생물에게 벌어졌을지 모를, 또는 벌어지고 있을지 모를
일들을 떠올렸지만, 그 생각을 이어 가지는 않았습니다.

## 궁전의 재질은
## 자세히 살펴보니
## 진짜 도자기였고,

표면에는 알 수 없는 문자로 글이 새겨져 있었습니다. 나는 바보처럼 위나가 해석을 도와줄 수 있을지도 모른다고 생각했지만, 그녀의 머릿속에는 글을 쓴다는 개념 자체가 없다는 사실만을 확인했을 뿐입니다. 그녀는 늘 실제보다 더 인간적으로 느껴졌는데, 그건 그녀가 보여 준 애정이 너무나 인간적이었기 때문일 겁니다.

부서진 채 열려 있던 커다란 문짝 안에는 수많은 창으로 햇빛이 들어오는 기다란 전시실이 있었습니다. 첫눈에 박물관이 떠오르더군요. 타일 바닥에는 먼지가 두껍게 쌓였고, 전시품들도 똑같이 잿빛 먼지를 뒤집어쓰고 있었습니다. 그때 홀 중앙에 뭔가 기이하고 섬뜩한 것이 눈에 들어왔는데, 거대한 해골의 아랫부분인 게 분

명했습니다. 비스듬한 발을 보고 메가테리움처럼 멸종한 어떤 동물이라는 걸 알았죠. 두개골과 상체의 뼈들은 옆에 놓인 채 두꺼운 먼지에 덮여 있었고, 천장에서 빗물이 떨어진 지점의 뼈는 닳아 없어졌더군요. 전시실 저쪽에는 브론토사우루스의 거대한 해골 몸통이 있었습니다. 박물관일 거라는 내 추측이 맞았습니다. 옆쪽으로 갔더니 비스듬한 선반 같은 것들이 있었고, 두껍게 쌓인 먼지를 털어 내고 보니 우리 시대에 흔히 볼 수 있는 유리 진열장이었습니다. 하지만 안의 내용물이 상당히 잘 보존된 걸로 봤을 때 밀폐된 게 분명했습니다.

우리는 분명 조금 훗날의 사우스켄싱턴런던의 사우스켄싱턴 지역은 자연사 박물관을 비롯한 여러 박물관으로 유명함 폐허에 서 있었어요! 아마도 고생물 전시관이었을 이곳에는 대단히 근사한 화석들이 진열되어 있었을 겁니다. 필연적인 부패 과정은 아주 느리지만 너무나 확실하게 이곳의 모든 보물에 작용했습니다. 나는 여기저기 산산조각 났거나 갈대 줄기에 꿰어 놓은 진귀한 화석들을 보며 작은 사람들의 흔적을 느낄 수 있었습니다. 어떤 곳에는 진열장 자체가 통째로 사라지기도 했는데, 그건 몰록의 소행이라고 판단했습니다. 그곳은 매우 조용했습니다. 두꺼운 먼지 때문에 우리의 발자국 소리조차 들리지 않았죠. 내가 주변을 돌아보자, 성게 화석을 굴리며 놀던 위나가 내 옆으로 다가와 살며시 내 손을 잡았습니다.

처음에 나는 지적인 시대의 이 오래된 유적에 너무 놀란 나머지 거기에 담긴 가능성에 대해서는 전혀 생각하지 못했습니다. 타임머신에 골몰했던 마음마저 조금 밀려나 있었죠.

건물의 규모로 판단했을 때 이 녹색 도자기 궁전에는 고생물 전시관뿐만 아니라 더 많은 공간이 있을 것 같았습니다. 역사 전시관이 있을 수도 있고, 어쩌면 도서관

이 있을지도 모르죠! 돌아다니다 보니 첫 번째 전시실을 가로질러 뻗어 있는 또 하나의 전시실이 나왔습니다. 광물을 모아 놓은 곳처럼 보였습니다. 유황 덩어리를 보자 화약이 떠올랐습니다. 하지만 초석검은색 화약, 성냥 따위를 만드는 데 쓰이는 광물로, 화학 성분은 질산칼륨은 어디에도 보이지 않았습니다. 질산염 종류는 하나도 없었습니다. 그것들은 이미 오래전에 용해됐을 겁니다. 하지만 유황이 계속 마음에 남았고, 이런저런 생각이 꼬리를 물고 이어졌습니다. 그 전시실의 다른 물건들은 그 건물에서 본 것 중에 가장 보존이 잘되어 있긴 했지만, 별로 흥미가 나지 않았습니다. 나는 광물학 전문가가 아니었으니까요. 처음에 들어섰던 전시실과 나란히 놓인 황폐한 복도를 따라 걸어갔습니다. 그 공간은 자연사 전시관이었던 것 같았지만, 이미 하나같이 알아볼 수 없을 정도로 망가져 있었습니다. 한때 박제였던 것들은 오그라들어서 검게 변색된 흔적으로만 남았고, 알코올이 담겨 있었던 유리병 속에는 바싹 마른 미라가 있었으며, 죽은 식물은 갈색 먼지가 되었습니다. 그게 전부였어요! 그다음으로는 넓지만 유난히 채광이 좋지 않은 전시실이 나왔는데, 우리가 들어선 지점부터 바닥이 완만한 내리막으로 기울어져 있었습니다. 대부분 금이 가고 깨진 상태였어도 천장에 흰색 전구가 하나씩 매달려 있는 것으로 미루어 보아 인공조명 시설을 갖췄던 곳 같았습니다. 여기는 내 분야에 가까웠는데, 양옆으로 커다란 기계들이 자리를 넓게 차지하고 있었거든요. 전부 부식이 심했고 대부분 망가졌지만,

Sulfur
large crystal group

일부는 상당히 온전한 상태였어요. 다들 아시다시피 나는 기계만 보면 어쩔 줄 모르기 때문에, 그곳에 더 머무르고 싶었습니다. 대부분의 기계들이 수수께끼처럼 흥미로웠고, 도무지 무슨 용도인지 짐작도 할 수 없었던 터라 더 그랬죠. 이 수수께끼를 풀 수만 있다면 몰록을 상대로 사용할 수 있는 힘을 얻게 될 것 같았거든요.

그때 갑자기 위나가 내 옆에 바짝 붙었습니다. 너무 갑작스러워서 깜짝 놀랐어요. 그녀가 아니었다면 전시실 바닥이 기울어졌다는 것도 몰랐을 거예요.[물론 바닥이 경사진 게 아니라 박물관이 비탈진 곳에 지어졌기 때문일 수도 있다. - 영문판 편집자 주] 내가 들어간 끄트머리는 지면보다 상당히 높았고, 몇 개 안 되는 가늘고 길쭉한 형태의 창문으로 빛이 들어왔습니다. 안으로 들어갈수록 지면이 솟아올라 창문에 닿더니, 급기야 창문 앞에 런던 주택의 '지하실 출입구' 같은 구멍이 나 있고, 창문 위쪽에 가느다란 줄 모양의 햇빛만 보일 뿐이었어요. 나는 기계를 생각하며 천천히 걸어갔고, 너무 골몰한 나머지 빛이 차츰 사라지는 것도 몰랐죠. 그때 갈수록 안절부절못하는 위나의 태도가 내 주의를 끌었고, 그제야 전시실이 짙은 어둠 속으로 빠져들고 있다는 걸 알아차렸습니다. 멈칫거리며 주변을 둘러봤더니 먼지가 한결 적고, 먼지의 표면도 고르지 않더군요. 어슴푸레한 앞쪽으로는 폭이 좁고 작은 발자국들이 다닥다닥 찍혀 있는 것 같았어요. 그걸 보자 몰록이 가까이 있다는 느낌이 되살아났습니다. 괜히 기계를 조사하느라 시간을 허비했다는 생각이 들었습니다. 어느새 늦은 오후에 접어들었는데 아직 무기도 없고, 피난할 곳도 찾지 못했으며, 불을 피울 수단도 마련하지 못했다는 걸 깨달았죠. 그때 저 멀리 어둠 속에서 특이한 발소리가 들렸고, 우물 속에서 들었던 것과 똑같은 이상한 소음도 들려왔어요.

나는 위나의 손을 잡았다가 문득 한 가지 묘안이 떠올라 그녀를 남겨 둔 채 어떤 기계를 향해 다가갔습니다. 철도 신호기에 달린 것과 비슷한 레버가 튀어나와 있는 기계였죠. 발판에 올라선 다음 이 레버를 두 손으로 움켜쥐고 체중을 전부 그 위에 실었습니다. 통로 중앙에 남겨져 있던 위나가 갑자기 울먹이기 시작했어요. 레버의 강도에 대한 나의 판단은 상당히 정확했는데, 1분쯤 힘을 가하자 부러졌습니다. 이 정도면 몰록을 만나더라도 머리통을 박살 내기에 부족하지 않겠다 싶은 막대기를 손에 들고 다시 그녀 옆으로 갔습니다. 그리고 몰록을 한둘쯤 죽이고 싶은 마음이 간절했습니다. 자신의 후손을 죽이고 싶어 하다니 너무 잔인하다고 생각할지 모르겠군요! 하지만 그놈들을 인간으로 느끼는 건 도저히 불가능했습니다. 위나를 남겨 두고 가는 게 내키지 않고, 살인에 대한 허기를 채우기 시작했다간 타임머신을 못 찾을지 모른다는 생각만이 당장 달려 내려가서 저 짐승들을 죽이고 싶은 마음을 붙잡아 주었습니다.

아무튼 한 손에 막대기를 들고 또 다른 손으로는 위나를 잡은 채 그 전시실을 나와 조금 더 큰 다른 전시실로 들어갔습니다. 그곳은 너덜너덜한 깃발이 걸린 군대의 예배당처럼 보였습니다. 양쪽에 널려 있는 거뭇거뭇한 넝마 같은 것들은 썩다 남은 책들이었습니다. 그것들은 오래전에 갈래갈래 나뉘었고, 인쇄 흔적도 전혀 보이지 않았습니다. 그래도 뒤틀린 판지나 갈라진 죔쇠 같은 것들이 남아서 그것들이 책이었음을 알려 주었죠. 내가 문학가였다면 야망이라는 게 모두 허무하다는 교훈을 얻었을지도 모르겠습니다. 하지만 문학가가 아니었기 때문에 가장 강하게 느낀 것은 어마어마한 노력이 낭비되었다는 점이었습니다. 아무렇게나 쌓인 채 칙칙하게 썩어 가는 종이 더미가 그 증거였죠. 고백하건대 그때 내가 주로 생각한 것은 《철학 연보》와 거기에 내가 기고한 열일곱 편의 물리 광학 논문이었습니다.

# 계단을 올라갔더니 끝이

그러다가

한때 기술 화학관이었을 것 같은 공간이 나왔습니다. 여기서는 쓸모 있는 발견을 할 것 같다는 강한 기대감이 들었어요. 한쪽으로 천장이 내려앉은 곳만 제외하면 보존 상태가 좋았습니다. 나는 부서지지 않은 진열장을 꼼꼼히 살폈고, 마침내 제대로 밀폐된 진열장에서 성냥 한 갑을 찾아냈습니다. 너무나 간절한 심정으로 그걸 켜 봤더니 상태가 온전했습니다. 심지어 눅눅하지도 않았어요. 나는 위나를 보면서 그녀의 언어로 외쳤습니다. '춤!' 이제 우리가 두려워하는 그 끔찍한 존재에 맞설 무기가 생겼으니까요. 그래서 그 버려진 박물관에 두껍게 쌓인 먼지 카펫 위에서 〈*천국*〉이라는 노래를 유쾌하게 휘파람으로 불면서 이런저런 동작들을 뒤섞어 춤을 췄더니, 위나가 무척이나 즐거워하더군요. 얌전한 캉캉에다 스텝 댄스 조금, 거기에 스커트 댄스(내가 입은 연미복이 허락하는 한도에서)도 섞고 창작도 약간 보탰죠. 아시다시피 내가 원래 좀 창의적이지 않습니까.

아무튼, 이 성냥갑이 그렇게 오랜 세월 동안 손상되지 않은 것은 지금 생각해도 너무나 신기했고, 나한테는 더할 나위 없는 행운이었죠. 게다가 더 뜻밖의 물건을 발견했습니다. 바로 장뇌화약의 원료였습니다. 그건 밀봉된 병 안에 들어 있었고, 우연히 완전하게 밀폐가 됐던 모양이에요. 처음에는 그게 파라핀 왁스라고 생각하고 병을 깼는데, 냄새를 맡고 보니 의심할 여지없이 장뇌였던 거죠. 모든 게 썩어 가는 와중에 이 휘발성 물질은, 아마도 수천 세기 동안이나 뜻밖에 살아남은 겁니다. 그러자 언젠가 봤던, 수백만 년 전에 죽어서 화석이 된 벨렘나이트오징어의 조상의 먹물로 그린 그림이 떠올랐습니다. 그냥 내버리려는데

그게 인화성 물질이며
밝은 빛을 내며 탄다는
사실이 기억났습니다.

훌륭한 양초였던 셈이죠. 그래서 그걸 주머니에 넣었습니다. 하지만 폭약은 찾을 수 없었고, 청동 문을 부술 만한 다른 수단도 발견하지 못했습니다. 우연히 손에 넣은 것 중에는 쇠막대기가 가장 유용한 물건이었습니다.

길었던 그날 오후의 얘기를 여기서 전부 다 할 수는 없습니다. 녹슨 무기들이 진열된 전시실에서 쇠막대기를 내려놓고 손도끼나 칼을 가져갈까 고민했던 게 기억나는군요. 하지만 청동 문을 부수기에는 쇠막대기가 제일 좋을 것 같았습니다. 소총과 권총, 라이플총도 대부분은 녹이 잔뜩 슬었지만, 신소재 금속으로 제작된 것들은 여전히 탄탄했습니다. 하지만 한때 들어 있었을 탄약이나 화약은 다 삭아서 먼지가 되었습니다. 또 다른 공간에는 다양한 우상이 전시되어 있었습니다. 폴리네시아, 멕시코, 그리스, 페니키아 등 지구상의 모든 나라에서 수집해 온 것 같더군요. 동석(凍石)을 깎아 만든 남미 괴물 조각은 유난히 흥미로웠는데, 여기서 나는 충동을 억누르지 못한 채 그 조각의 코에 내 이름을 적어 넣었습니다.

저녁이 되자 흥미도 시들해졌습니다. 먼지투성이의 조용하고 황폐한 전시실들을 연이어 지나갔습니다. 그러다가 정말 우연히도 밀폐된 진열장 안에서 다이너마이트 화약통 두 개를 발견했습니다! 나는 '유레카!'를 외치며 신이 나서 그 진열장을 부쉈습니다. 그때 문득 의심이 들었고, 잠시 망설이다가 실험을 해 봤습니다.

# 5분,
# 10분,
# 15분.

끝내
**폭발은 일어나지 않았고,**
그때만큼
큰 실망감을 맛본 적은 없었습니다.

그것들은 당연히 가짜였습니다. 그게 남아 있다는 사실에서 짐작했어야 했죠. 만약 가짜가 아니었다면 곧바로 달려가서 스핑크스와 청동 문을 날려 버렸을 겁니다. 그러면서 (나중에 밝혀졌듯이) 타임머신을 찾을 기회까지 완전히 날려 버렸겠죠.

궁전 안의 조그만 뜰이 나온 건 아마 그다음이었을 겁니다. 그곳에는 잔디가 깔려 있었고, 세 그루의 과일나무가 있었습니다. 우리는 과일을 먹으며 잠시 쉬었습니다. 해 질 무렵이 되자 나는 우리의 처지를 따져 보기 시작했습니다. 밤이 다가오는 중이었고, 접근을 막아 줄 은신처는 아직 찾지 못한 상태였죠. 하지만 이제 그건 별로 신경 쓰이지 않았습니다. 몰록을 막을 최고의 수단인 성냥을 손에 넣었으니까요! 불꽃이 필요할 경우에 사용할 장뇌도 주머니 안에 있었습니다. 지금은 사방이 트인 곳에서 불을 피워 놓고 밤을 지새우는 게 최선의 방법 같았습니다. 그러고 나서 아침에 타임머신을 찾으면 되는 것이었죠. 그 일을 위해 내가 가진 건 아직까지는 쇠막대기가 전부였습니다. 하지만 이런저런 것들을 알게 되면서 청동 문에 대한 느낌도 사뭇 달라졌습니다. 지금까지는 무엇보다 문 너머에 뭐가 있을지 모르는 터라 억지로 여는 걸 꺼렸거든요. 그 문이 대단히 튼튼하다는 인상은 한 번도 받지 못했으니, 쇠막대기라면 충분히 열 수 있을 거라고 생각했습니다.

# XII

우리가 궁전에서 나왔을 때는 해가 일부분이나마 아직 지평선에 걸려 있었습니다. 다음 날 아침 일찍 흰색 스핑크스가 있는 곳에 도착하겠다고 결심한 터라, 지난번 길을 나섰을 때 내 발길을 멈추게 했던 숲을 땅거미가 지기 전에 통과할 생각이었습니다. 그날 밤에 최대한 멀리까지 가서 모닥불을 피우고 그 불빛의 보호를 받으며 잠을 잔다는

게 내 계획이었습니다. 그래서 가는 길에 나뭇가지나 마른
풀을 보이는 대로 챙겼고, 이윽고 그런 것들을 한 아름 들고
가게 되었습니다. 짐이 생기다 보니 처음에 예상했던 것보다
속도가 느려졌고, 게다가 위나까지 지친 상태였습니다.
나 역시 졸음이 쏟아지기 시작했죠. 그런 까닭에 숲에
도착하기도 전에 한밤중이 되었습니다. 위나는 앞에 도사린
어둠이 두려워서 덤불로 뒤덮인 숲 언저리의 언덕에 멈추고
싶었을 겁니다. 하지만 재앙이 다가오고 있다는 묘한
느낌에 나는 계속 나아갔습니다. 사실은 그 느낌을 경고로
받아들였어야 했습니다. 하룻밤과 이틀 낮을 제대로 못 잔
나는 열이 나고 신경이 곤두선 상태였죠. 잠이 밀려오는
기분이었고, 잠과 함께 몰록이 올 것만 같았습니다.

우리가 머뭇거리고 있는데, 뒤쪽의 검은 덤불 속에서 어둠을 배경으로 웅크린 세 개의 형체가 어렴풋이 보였습니다. 주변으로는 관목과 높다란 풀이 수북해서 놈들이 슬그머니 다가오면 속수무책이라는 생각이 들었습니다. 계산을 해 보니 숲의 너비는 1.6킬로미터가 채 안 됐습니다. 숲을 지나 민둥산으로 갈 수 있다면 거기가 더 안전한 휴식처일 것 같았죠. 성냥과 장뇌가 있으니까 불을 밝히고 숲을 통과할 수 있겠다고 생각했어요. 하지만 성냥을 켜려면 두 손이 필요했고, 그러려면 땔감을

버려야 했습니다. 하는 수 없이 그것들을 내려놓는데, 거기에 불을 붙이면 뒤따르는 녀석들을 놀래 줄 수 있겠다는 생각이 들었습니다. 이게 얼마나 형편없는 바보짓이었는지는 나중에 알게 되지만, 그때는 후퇴하는 우리를 엄호해 줄 기막힌 방법인 것 같았습니다.

사람이 없고 기후가 온화한 곳에서 불꽃이라는 게 얼마나 드문지 생각해 보신 적이 있나요. 열대 지방에서는 가끔 일어나는 일이지만, 이곳에서는 이슬방울에 초점이 맞춰지더라도 뭔가를 태울 만큼 태양열이 강하지 않습니다. 벼락이 떨어져서 나무가 검게 그을리더라도 들불로 번지는 일은 많지 않아요. 썩어 가는 식물이 어쩌다 발효열로 연기를 낼 수 있지만 그것 때문에 불이 나는 일은 거의 없지요. 인류의 쇠퇴기인 이 시대에는 불을 피우는 기술도 잊혀졌어요. 내가 그러모은 땔감 더미를 혀처럼 핥아 대는 붉은 불길은 위나에게는 완전히 낯설고 이상한 모습이었어요.

그녀는 불길로 달려가서 그걸 가지고 놀고 싶어 했습니다. 내가 말리지 않았다면 아마 불 속으로 몸을 던졌을 거예요. 하지만 나는 그녀를 따라잡았고, 발버둥 치는 그녀를 숲속으로 냅다 밀어 넣었습니다. 한동안은 내가 피운 모닥불이 길을 비춰 주었습니다. 얼마 후에 뒤를 돌아봤더니, 땔감 더미에서 일어난 불똥이 주변의 덤불로 옮겨붙는 게 보였습니다. 불길은 마른풀들을 태우고 언덕을 따라 구불구불한 선을 그리며 올라갔습니다. 나는 그 모습에 한바탕 웃고는 다시 어두운 나무들 쪽으로 몸을 돌렸습니다. 숲은 완전히 검은색이었고, 위나는 몸을 부르르 떨며 내게 매달렸습니다. 하지만 눈이 어둠에 익숙해지자 나뭇가지들을 피할 수 있을 정도의 빛은 있었습니다. 머리 위쪽은 군데군데 작은 틈새로 아득한 파란 하늘이 보이는 걸 제외하면 완전히 검은색이었습니다. 성냥은 켜지 않았는데, 손을 쓸 수가 없었기 때문이에요. 왼팔로는 위나를 안고 오른손에는 쇠막대기를 들었으니까요.

얼마 동안은 발밑에서 잔가지가 부서지고 머리 위로 지나는 산들바람에 나뭇잎들이 희미하게 살랑거리는 소리, 내 숨소리와 귓속에서 혈관이 고동치는 소리밖에는 들리지 않았습니다.

**그때, 뒤쪽에서 타닥거리는 발소리가 들린 것 같았습니다. 나는 아랑곳하지 않고 앞으로 나아갔습니다.**

발소리가 점점 또렷해졌고, 그러다가 지하 세계에서 들었던 것과 똑같은 기이한 소리와 목소리가 들렸습니다. 몰록 여럿이 주변에 있는 게 분명했습니다. 그들은 나를 포위하듯 에워싸고 있었습니다. 아닌 게 아니라 잠시 후에 뭔가 내 외투를 잡아당기는 게 느껴졌고, 팔에도 뭔가가 닿았습니다. 위나는 몸을 격하게 떨더니 잠잠해졌습니다.

성냥불을 켜야 할 순간이었습니다. 하지만 그러려면 위나를 놓아야 했습니다. 그래서 주머니를 뒤적이는데, 무릎 높이의 어둠 속에서 몸싸움이 시작됐습니다. 위나는 아무 소리도 내지 않았고 몰록은 비둘기 울음 같은 독특한 소리를 냈습니다. 작고 보드라운 손들이 내 외투 위로 등을 따라 올라와 목덜미까지 닿았습니다. 그때 성냥을 그었고 불이 붙었습니다. 성냥불을 쳐들자 나무들 사이로 도망치는 몰록의 하얀 등이 보였습니다. 나는 얼른 주머니에서 장뇌 한 덩이를 꺼냈고, 성냥불이 꺼지려고 할 때 옮겨붙일 준비를 했습니다. 그러다가 위나를 봤더니 바닥에 누워서 내 발을 움켜잡고 있는데 전혀 움직이질 않는 거였어요. 게다가 얼굴이 바닥을 향하고 있었죠. 나는 깜짝 놀라 몸을 낮췄습니다. 그녀는 거의 숨을 쉬지 않는 것 같았습니다. 장뇌 덩어리에 불을 붙여 바닥에 던졌더니, 그게 쪼개지면서 일어난 불길이 몰록과 어둠을 밀어냈습니다. 나는 무릎을 꿇고 그녀를 안아 들었습니다. 뒤쪽의 숲은 거대한 무리가 웅성대며 수군거리는 소리로 가득 찬 것 같았어요!

위나는 기절한 것처럼 보였습니다. 그녀를 조심스레 들쳐 메고 일어나려다가 참담한 사실을 깨달았습니다. 성냥을 켜고 위나를 챙기면서 여러 번 몸을 트는 바람에 이제 어느 방향으로 가야 할지 전혀 갈피를 잡을 수 없게 된 겁니다. 어쩌면 다시 녹색 도자기 궁전 방향으로 향하고 있는지도 모를 일이었습니다. 식은땀이 났습니다. 뭘 어떻게 할지 빨리 생각해야 했습니다. 나는 불을 피우고 그 자리에서 야영을 하기로 결정했습니다. 여전히 움직이지 않는 위나를 잔디로 뒤덮인 나무줄기 위에 내려놓고, 첫 번째 장뇌 덩이에 붙인 불이 타들어 가는 동안 재빨리 나뭇가지와 잎사귀들을 그러모으기 시작했습니다. 나를 둘러싼 어둠 여기저기에서 몰록의 눈동자가 루비처럼 번쩍였습니다.

장뇌의 불빛이 깜빡이다 꺼졌습니다. 성냥불을 켜자 위나에게 다가오던 두 개의 하얀 형체가 황급히 달아났습니다. 한 놈은 불빛에 눈이 부신 나머지 나를 향해 곧장 다가왔는데, 내가 날린 주먹에 뼈가 으스러지는 게 느껴졌습니다. 놈은 고통스러운 비명을 지르고는 몇 걸음 비틀거리다가 쓰러졌습니다. 나는 장뇌를 더 꺼내서 불을 붙였고, 계속 땔감을 모았습니다. 그러다가 위쪽의 나뭇잎들이 바싹 말라 있다는 걸 알았는데, 타임머신을 타고 도착한 뒤로 약 일주일 동안 비가 한 방울도 내리지 않았기 때문입니다. 그래서 나무들 사이를 돌아다니며 떨어진 잔가지를 줍는 대신 껑충껑충 뛰면서 나뭇가지를 끌어 내리기 시작했습니다. 머잖아 생가지와 마른 가지가 타면서 연기가 일어났고, 덕분에 장뇌를 아낄 수 있었습니다. 그제야 쇠막대기 옆에 눕혀 놓은 위나를 살펴봤습니다. 정신을 차리게 하려고 갖은 짓을 다 했지만 그녀는 죽은 듯이 누워만 있었습니다. 숨을 쉬는 건지도 확실히 알 수가 없었습니다.

어느새 모닥불의 연기가 나를 덮쳤고, 그것 때문에 갑자기 정신이 몽롱해졌던 모양입니다. 그런 데다가 장뇌 증기까지 공기 중에 감돌고 있었죠. 한 시간 정도는 땔감을 보충할 필요가 없을 것 같았습니다. 용을 쓰느라 몹시 피곤했던 나는 바닥에 주저앉았습니다. 숲에도 나로서는 알아들을 수 없는 나른한 웅성거림이 가득했습니다. 깜빡 졸고 일어난 것 같은데, 사방이 캄캄하고 몰록들이 내 몸에 손을 대고 있었어요. 달라붙는 손가락들을 떼어 내고 얼른 성냥을 찾아 주머니를 뒤졌습니다. 그런데 성냥이 없는 겁니다! 그때 놈들이 나를 다시 붙들고 에워쌌습니다. 그 순간 이게 어떻게 된 일인지 깨달았죠. 나는 잠이 들었고, 내가 피워 둔 모닥불이 꺼졌던 거예요. 죽음의 고통이 내 영혼을 덮쳤습니다. 숲은 나무 타는 냄새로 가득한 것 같았어요. 놈들은 내 목덜미와 머리카락, 그리고 팔을 잡고 끌어 내렸습니다. 어둠 속에서 그 부드러운 생명체들이 내 몸 위에 잔뜩 올라와 있는 느낌은 뭐라 설명할 수 없을 정도로 끔찍했죠. 거대한 거미의 거미줄에 걸린 기분이랄까요. 나는 그들의 힘에 밀려 바닥으로 넘어졌습니다. 작은 이빨이 내 목을 물어뜯는 게 느껴졌어요. 나는 몸을 굴렸고, 그때 쇠막대기가 손에 닿았습니다. 그러자 힘이 불끈 솟았습니

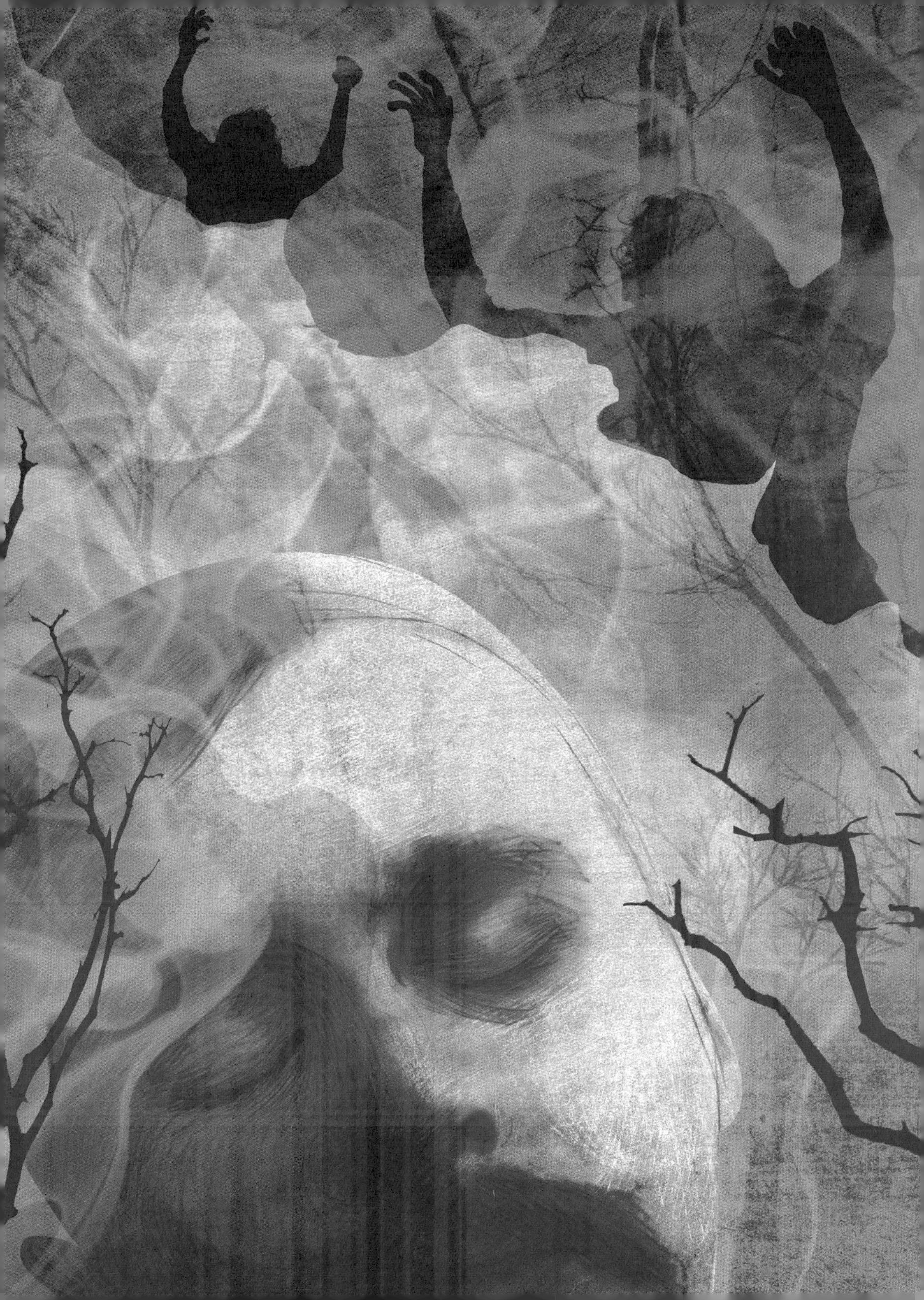

다. 나는 있는 힘을 다해 인간 쥐새끼들을 몸에서 털어 냈고, 막대기를 짧게 부여잡은 채 놈들의 얼굴이 있다고 생각되는 곳을 향해 냅다 뻗었습니다. 그렇게 휘두를 때마다 살이 터지고 뼈가 부러지는 게 느껴졌고, 잠깐이나마 나는 자유를 되찾았습니다.

격렬한 싸움에 흔히 뒤따르는 묘한 쾌감이 차올랐습니다. 나와 위나가 죽은 목숨이라는 걸 알았지만, 나는 몰록들에게 거저 잡아먹히지는 않겠다고 결심했죠. 나무에 등을 대고 서서 쇠막대기를 휘둘렀습니다. 숲 전체가 놈들이 움직이고 외치는 소리로 가득했습니다. 1분이 지났습니다. 놈들도 흥분해서 목소리가 높아지는 것 같았고, 움직임은 점점 빨라졌습니다. 하지만 아무도 가까이 오지는 않더군요. 나는 그렇게 선 채로 검은 어둠을 응시했습니다. 그때 불현듯 희망이 샘솟았습니다. 혹시 몰록들이 두려워하는 게 아닐까? 곧이어 이상한 일이 벌어졌어요. 어두웠던 주변이 환해지는 것 같았죠. 아주 어렴풋하나마 주변에 있는 몰록들이 보이기 시작했고, 셋은 내 발치에 늘어져 있었어요. 그러다가 다른 놈들이 도망치고 있다는 걸 알고는 놀라움을 금할 수 없었습니다. 내 뒤쪽에서 달려와 앞의 숲으로 빠져나가는 무리가 줄을 이었습니다. 이때 놈들의 등은 하얀색이 아니라 불그스름해 보였어요. 놀라서 입을 다물지도 못하고 있는데, 나뭇가지 사이로 빨간 불똥이 별빛을 가르며 날아가다 사라지는 것이 보였습니다. 그걸 보고서야 나무 타는 냄새가 났던 것이며, 나직한 웅성거림(그건 어느새 거친 울부짖음으로 커져 가고 있었는데), 붉은빛, 그리고 몰록이 달아난 이유를 알 수 있었습니다.

## 등진 나무에서 나와 뒤를 돌아보니, 가까운 나무들의 검은 기둥 사이로 불길에 휩싸인 숲이 보였습니다.

내가 처음에 피웠던 모닥불이 나를 쫓아온 것이었어요. 위나를 찾았지만, 그녀는 보이지 않았습니다. 뒤에서는 쉭쉭거리고 타닥거리는 소리가 들려왔고, 나무가 불길에 휩싸였다가 터지는 폭발음 때문에 깊이 생각할 여유가 없었습니다. 나는 쇠막대기를 그대로 움켜쥔 채 몰록들을 따라갔습니다. 아슬아슬한 경주였죠. 한번은 불길이 내 오른쪽으로 너무 빠르게 다가와 앞질러 가는 바람에 왼쪽으로 길을 꺾어야 했습니다. 마침내 나는 조그만 빈터에 이르렀는데, 그때 몰록 한 놈이 비틀거리며 다가오더니 나를 지나쳐서 곧장 불 속으로 뛰어드는 것이었습니다!

그건 미래에서 목격한 가장 기이하고 끔찍한 광경이었어요. 그 빈터는 타오르는 불빛을 받아 대낮처럼 환했습니다. 가운데에는 작은 언덕 아니면 봉분 같은 것이 있었고, 그 위에는 불에 탄 산사나무가 있었죠. 불길은 그 언덕 너머 숲에까지 번져 노란 혓바닥을 날름거리고 있었습니다. 불은 빈터를 울타리처럼 완전히 둘러싸고 있었죠. 언덕 비탈에는 30~40명쯤의 몰록이 있었는데, 불빛과 열기 때문에 정신없이 이리저리 비틀거리며 서로 부딪혔어요. 처음에는 그들이 앞을 못 보는 상태라는 걸 깨닫지 못했기 때문에 놈들이 다가오면 미칠 듯한 두려움에 사로잡혀 들입다

막대기를 휘둘렀어요. 한 놈을 죽이고 여러 놈에게 큰 상처를 입혔습니다. 하지만 붉은 하늘을 배경으로 서 있는 산사나무 아래를 손으로 더듬으며 절규하는 놈들을 보고서야 놈들이 눈부신 빛 속에서 완전히 무기력하고 비참한 상태라는 걸 깨달았고, 더 이상 때리지 않았습니다.

그래도 이따금 공포에 떨며 내 앞으로 곧장 돌진해 오는 놈들도 있었습니다. 그러면 나는 재빨리 놈을 피하곤 했죠. 한번은 불길이 다소 잦아들었고, 그러면 그 잔인한 생명체들이 곧 나를 볼 수 있을 것 같아 두려웠습니다. 그러기 전에 몇 놈을 죽여서 싸움을 시작해 볼까 생각하고 있는데, 불길이 다시 환하게 타올라서 마음을 억눌렀습니다. 나는 놈들의 틈을 비집고 언덕을 돌아다니며 위나의 흔적을 찾아봤습니다.

# 하지만 위나는 보이지 않았습니다.

마침내 나는 작은 언덕 꼭대기에 앉아 눈이 멀어 버린 이 이상야릇한 무리를 지켜봤습니다. 그들은 더듬대며 이리저리 돌아다니고, 눈부신 불빛에 어쩔 줄 몰라 괴기스런 소리를 냈습니다. 소용돌이치며 솟구치는 연기가 하늘을 가로질렀고, 붉게 물든 하늘에 드문드문 보이는 구멍을 통해 다른 우주에 속한 것처럼 멀어 보이는 작은 별들이 반짝였습니다. 몰록 두세 놈이 비틀거리며 다가와 내 몸에 부딪혔고, 나는 덜덜 떨면서도 주먹을 날려서 놈들을 쫓아 버렸습니다.

밤새도록 나는 이게 악몽일 거라고 생각했습니다. 그래서 악몽에서 깨어나고 싶은 마음에

입술을

깨물고

비명을
질렀죠.

손으로 땅을 내리치며 일어났다 앉았다를 반복했고, 이리저리 헤매다가 다시 앉곤 했습니다. 그러다가 악몽에서 깨어나게 해 달라고 신에게 간청했습니다. 세 번인가 몰록이 고개를 숙인 채 불길로 뛰어드는 걸 봤습니다. 마침내 잦아드는 붉은 불길 위로, 뭉게뭉게 일어나는 검은 연기 위로, 숯이 되어 버린 나무둥치 위로, 그리고 숫자가 점점 줄어드는 몰록들의 어슴푸레한 형체 위로, 날이 밝아 왔습니다.

위나의 자취를 다시 한번 찾아봤지만 어디에도 보이지 않았습니다. 그래도 피할 수 없을 것 같았던 그 끔찍한 운명을 모면했다고 생각하니 마음이 놓였습니다. 그 끔찍한 운명을 생각하자, 널브러진 그 혐오스러운 놈들을 상대로 대학살을 시작하고 싶은 마음이 굴뚝같았지만 가까스로 참았습니다. 작은 언덕 꼭대기에 서자, 자욱한 연기 너머로 녹색 도자기 궁전이 보였습니다. 그걸 기준으로 흰색 스핑크스가 어느 방향인지도 알 수 있었죠. 그래서 날이 밝아 오자 발에 풀을 동여매고는 길을 나섰습니다. 연기가 피어오르는 잿더미를 넘고 아직도 불씨가 살아 있는 시커먼 나무줄기를 지나 타임머신이 숨겨진 곳을 향해 걸어갔습니다. 거의 탈진한 데다 걸음도 제대로 걸을 수 없어 속도가 느렸고, 위나의 끔찍한 죽음 때문에 말할 수 없이 비통한 심정이었습니다. 그건 견디기 어려운 재앙 같았습니다. 이제 이 친근한 옛 공간에 돌아와 보니 실제로 일어났던 일이 아니라 꿈속에서 겪은 슬픔처럼 느껴집니다. 하지만 그날 아침에는 또다시 완전히 혼자가 되어 처절하게 외로웠습니다. 이 집, 이 난롯가, 여기 모인 분들을 생각하자 그리운 마음에 가슴이 쓰렸습니다.

나는 환한 아침 하늘 아래에서 연기가 솟아오르는 잿더미 위를 걷다가 뭔가를 발견했습니다. 바지 주머니에 아직 성냥 몇 개비가 남아 있었던 겁니다. 성냥갑을 잃어버리기 전에 흘러나온 모양이었어요.

# XIII

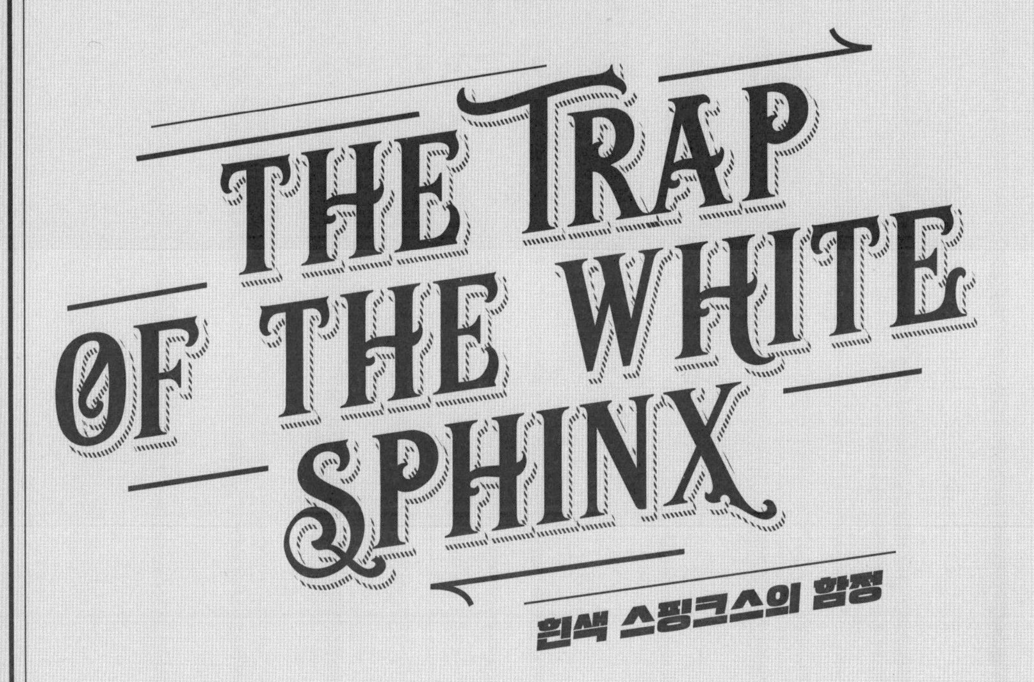


아침 8시 아니면 9시쯤, 노란 금속 의자에 이르렀습니다. 나는 미래에 도착한 날 저녁에 그 노란 금속 의자에 앉아 주변을 돌아봤지요. 그날 저녁에 내렸던 성급한 결론을 생각하니 그 무모함에 쓴웃음을 참을 수 없었습니다. 이곳의 풍경은 여전히 아름다웠고, 무성하게 우거진 나뭇잎도 그대로였으며, 찬란한 궁전과 웅장한 폐허, 비옥한 강둑 사이로 흐르는 은빛 물줄기도 똑같았습니다. 화려한 옷을 입은 아름다운 사람들이 나무들 사이를 거닐었습니다. 몇 명은 내가 위나를 구해 주었던 바로 그 장소에서 헤엄을 치고 있었습니다. 그 광경을 보자 갑자기 가슴을 찌르는 듯한 고통이 느껴졌습니다. 풍경에 찍힌 얼룩처럼, 지하 세계로 내려가는 길 위로 둥근 탑들이 솟아 있었습니다. 지상인들이 누리는 아름다움의 이면에 뭐가 있는지 이제 알 수 있었습니다. 그들의 하루는 들판의 소 떼처럼 매우 유쾌했습니다. 그들은 소 떼처럼 적에 대해 알지 못했고, 어떤 상황에도 대비하지 않았습니다. 그리고 최후도 똑같았죠.

인간의 지성에 대한 꿈이 얼마나 덧없는지 생각하니 서글펐습니다. 지성은 자살한 것입니다. 지성은 끊임없이 편리와 안락을 추구하고 안전과 영속성을 내세운 균형 잡힌 사회를 향해 줄기차게 나아갔고, 희망한 바를 이루었습니다. 결국 여기에 도달한 것이죠. 한때는 생명과 재산이 거의 절대적인 안전에 도달했을 겁니다. 부자들은 부와 안락을 보장받았고, 노동자들은 생존과 일자리를 보장받았죠. 그 완벽한 사회에는 실직 문제 같은 것은 없었을 게 틀림없고, 해결되지 않은 사회 문제도

없었을 겁니다. 그러자 엄청난 평온이 뒤를 이었죠.

지적 융통성이라는 것이 변화와 위험, 그리고 걱정에 주어지는 보상이라는 자연 법칙을 우리는 간과하곤 합니다. 주변의 환경과 완벽한 조화를 이루는 동물은 완벽한 기계 장치겠죠. 습관과 본능이 무의미해질 때 비로소 자연은 지성에 호소하는 법입니다. 아무런 변화가 없고 변화할 필요도 없는 곳에는 지성이 존재하지 않습니다. 온갖 다양한 필요성과 위험에 맞서야 하는 동물만이 지성을 가질 수 있습니다.

그래서 내가 생각하기에 지상인은 연약한 아름다움으로 흘러갔고, 지하 세계는 단순한 기계적 생산 공장이 된 것입니다. 하지만 그 완벽한 상태가 기계적 완벽함에 도달하기에는 한 가지가 부족했는데, 바로 절대적인 영속성이었습니다. 지하 세계의 식량 공급 방식에 문제가 생겼던 게 분명합니다. 몇천 년 동안 외면당했던 필요의 여신이 다시 돌아왔고, 지하 세계에서부터 활동을 시작했습니다. 지하 세계에서는 기계 장치를 계속 만져야 했고 기계가 아무리 완벽하더라도 약간의 지능은 필요하기 마련입니다. 따라서 다른 인간적인 특징은 적었을지언정 창의성에서만큼은 지상인보다 뛰어났을 겁니다. 그리고 다른 고기를 구할 수 없게 되자, 그들은 오랜 습관에 따라 금기시했던 것으로 눈을 돌렸습니다. 802701년의 세계를 마지막으로 돌아보면서 나는 그것을 깨달았습니다. 이것은 인간의 머리에서 나올 수 있는 설명이다 보니 틀렸을지도 모릅니다. 하지만 내 눈앞에서 그런 상황이 벌어졌고, 나는 그걸 있는 그대로 여러분께 말씀드리는 겁니다.

지난 며칠 동안 피로와 흥분과 공포에 시달린 터라, 위나를 잃은 슬픔에도 불구하고 그 자리에 앉아 평온한 풍경을 바라보며 따뜻한 햇볕을 쬐고 있으니 기분이 무척 좋았습니다. 나는 몹시 피곤하고 졸렸기 때문에 이런저런 생각에 골몰하다가

꾸벅꾸벅 졸기 시작했습니다. 그러다가 아예 잔디밭에 길게 누워 상쾌한 잠에 빠져 한참 잤습니다.

잠이 깬 건 해가 지기 직전이었습니다. 이때는 몰록들 옆에서 선잠을 자다가 공격당할 염려가 없었기에, 크게 기지개를 켜고 언덕을 내려가 흰색 스핑크스가 있는 곳으로 갔습니다. 한 손에는 쇠막대기를 들었고, 다른 손으로는 주머니 속의 성냥개비들을 만지작거렸습니다.

그때 너무나 뜻밖의 상황이 벌어졌습니다. 스핑크스의 받침대에 다가갔더니 청동 문이 활짝 열려 있는 것이었습니다. 홈을 따라 문을 밀어 놓았더군요.

나는 문 앞에서 걸음을 멈추고 들어갈지 망설였습니다.

안에는 작은 방이 하나 있고, 한쪽 구석의 높은 단 위에 타임머신이 있었습니다. 작은 레버들은 내 주머니에 그대로 있었죠. 흰색 스핑크스를 공격하려고 온갖 궁리를 하며 준비했건만, 그들이 순순히 항복을 해 버린 꼴이었습니다. 나는 쇠막대기를 던져 버리면서도 그걸 쓰지 못하게 된 것이 못내 안타까웠어요.

문으로 들어가기 위해 몸을 숙이다가 문득 어떤 생각이 떠올랐습니다. 적어도 이번만큼은 내가 몰록의 머릿속을 제대로 꿰뚫어 본 겁니다. 웃음이 터지려는 걸 간신히 억누르면서 타임머신으로 다가갔습니다. 놀랍게도 세심하게 기름칠이 되어 있고 깨끗이 닦여 있더군요. 몰록들이 타임머신의 용도를 알아내려다가 부분적으로나마 그것을 분해했던 건 아닌가 하는 의심을 지금도 갖고 있습니다.

그렇게 서서 타임머신을 살펴보며 만지는 것만으로도 기쁨에 젖어 있을 때 예상했던 일이 벌어졌습니다. 청동 문이 갑자기 밀리면서 요란한 소리를 내며 문틀을 때린 겁니다.

## 나는 어둠 속에 갇혀 버렸죠.

몰록들은 그렇게 생각했을 겁니다. 그런 짐작에 나는 혼자 즐거워하며 클클 웃었습니다.

놈들이 다가오면서 웅성웅성 웃어 대는 소리가 벌써부터 들려왔습니다. 나는 아주 침착하게 성냥불을 켜려고 했습니다. 레버만 꽂으면 유령처럼 사라질 수 있었으니까요. 그런데 사소한 한 가지를 간과했습니다. 그 빌어먹을 성냥은 성냥갑이 있어야만 켤 수 있었던 겁니다.

침착하던 태도가 온데간데없이 사라졌으리란 건 다들 짐작할 수 있을 겁니다. 그 짐승 같은 놈들이 나를 바짝 에워쌌고, 한 놈이 내 몸에 손을 댔습니다. 나는 어둠 속에서 놈들을 향해 레버를 휘두르고는 타임머신의 안장에 올라탔습니다. 그러자 손 하나가 나를 움켜잡고, 이어서 또 다른 손이 나를 붙잡았습니다. 그때부터는 그 끈질긴 손가락들과 싸워 가며 레버를 지키는 동시에 그걸 꽂아 넣을 볼트를 찾아야 했습니다. 한번은 그걸 빼앗길 뻔했습니다. 레버를 되찾기 위해 어둠 속에서 박치기를 해야 했고, 몰록의 두개골이 울리는 소리가 들리더군요. 이 마지막 쟁탈전이 숲에서의 싸움보다 더 아슬아슬했던 것 같습니다.

하지만 마침내 레버를 꽂고 잡아당겼습니다. 달라붙었던 손들이 떨어져 나갔습니다. 이윽고 어둠이 눈에서 걷혔습니다.

그리고 나는
앞서 말씀드렸던 것과
똑같은
**회색의 빛과**
**격렬한 요동 속으로**
빠져들었습니다.

# XIV

시간 여행에 따르는 멀미와 혼란에 대해서는 이미 말씀드렸습니다. 게다가 이번에는 안장에 제대로 앉지도 못하고 옆으로 불안정하게 걸터앉았거든요. 불확실한 시간 동안 나는 어떻게 가고 있는지 신경도 쓰지 못한 채 그렇게 흔들리고 진동하는 기계에 매달려 있었습니다. 그러다 정신을 차려서 문자판을 보고 내가 어디에 도착했는지 알았을 때는

깜짝 놀랐습니다. 문자판은 각각 1일 단위, 1,000일 단위,
100만 일 단위, 그리고 10억 일 단위를 나타내거든요. 나는
레버를 뒤로 돌리지 않고 앞으로 가도록 당겼기 때문에,
문자판을 확인했을 때 1,000일 단위의 바늘이 시계의
초침처럼 빠르게 돌아가고 있었습니다. 미래를 향해서
말이죠.

그렇게 계속 나아가는데 눈에 보이는 풍경에 슬그머니 묘한 변화가 일어났습니다. 물론 여전히 엄청난 속도로 이동하는 중이었지만, 고동치던 회색이 점점 어두워지더니 낮과 밤이 바뀔 때의 깜빡임이 다시 나타났어요. 보통 속도가 느려졌다는 표시인 이 현상이 점점 또렷해졌습니다. 처음에는 몹시 어리둥절했어요. 밤과 낮의 교대가 계속 느려지고, 태양이 하늘을 가로지르는 속도 역시 느려졌습니다. 여러 세기 동안 그러는 것 같았어요. 마침내 황혼이 지속적으로 땅을 뒤덮고, 어쩌다 어두운 하늘을 가르는 혜성만이 그 황혼을 흔들었습니다. 태양을 나타내는 빛의 띠는 사라진 지 오래였는데, 태양은 더 이상 지지 않고 서쪽에서 오르내리며 점점 커지고 붉어질 따름이었죠. 달의 자취는 모두 사라졌습니다. 별들의 회전도 갈수록 느려져서 슬금슬금 기어가는 빛들의 점 같았습니다. 내가 기계를 멈추기 조금 전에, 아주 크고 붉은 태양이 마침내 수평선 위에 멈춰서 움직이지 않았습니다. 미지근한 열과 약한 빛을 내는 거대한 돔 같았고, 어쩌다 한 번씩은 순간적으로 꺼지기

도 했습니다. 또 한번은 얼마 동안 다시 환하게 빛을 냈지만, 이내 탁한 붉은색으로 되돌아갔습니다. 태양이 뜨고 지는 속도가 이렇게 느려진 걸 보면서 기조력해수면의 높이 차이를 일으키는 힘. 달과 태양의 인력과 지구의 원심력이 상호 작용을 한 결과로 나타나는 현상의 작용이 끝났다는 걸 알았습니다. 우리 시대에 달이 지구에 한 면만을 보여 주듯이, 지구도 태양에 한쪽 면만 향하게 된 겁니다. 저번에 거꾸로 곤두박질쳤던 걸 기억한 나는 아주 조심스럽게 진행 방향을 바꿨습니다. 바늘의 속도가 점점 줄어들더니 1,000일 단위의 바늘이 멈춘 것처럼 보이고, 1일 단위의 바늘도 더 이상 눈금 위에서 뿌연 안개처럼 보이지 않았습니다. 거기서 더 속도가 떨어지다가 마침내 황량한 해변의 윤곽이 어렴풋이 눈에 들어왔습니다.

나는 아주 부드럽게 타임머신을 세우고 그대로 앉아 주위를 둘러봤습니다. 하늘은 더 이상 푸르지 않았습니다. 북동쪽은 칠흑 같았고, 그 어둠 속에서 창백한 흰색 별들이 밝게 빛났습니다. 바로 위의 하늘은 별도 없이 짙은 적황색이었습니다. 환한 진홍색으로 더 밝게 빛나는 남동쪽 하늘과 맞닿은 수평선에는 커다랗고 붉은 태양이 미동도 없이 걸려 있었습니다. 주변의 바위들은 생기 없는 불그스름한 색이었고, 눈에 들어온 것들 중에 생명의 흔적을 느낄 수 있는 것이라곤 바위의 남동쪽 돌출부를 뒤덮은 진녹색 식물뿐이었어요. 숲속의 이끼나 동굴 속 지의류에서 볼 수 있는 그런 짙은 녹색이었습니다.

타임머신은 경사진 해변에 서 있었습니다. 바다는 남서쪽으로 펼쳐져 있고, 창백한 하늘을 배경으로 선명한 수평선을 그렸습니다. 파도는 치지 않았고 물결조차 일지 않았는데, 바람이 한 점도 없었기 때문이죠. 기름을 바른 듯한 표면이 부드럽게 숨을 쉬듯 조금씩 오르내리는 것만이 바다가 여전히 살아 움직이고 있음을 보여 주었습니다. 그리고 이따금 파도가 부서지는 가장자리에는 소금이 두껍게 쌓여 있었는데, 그 소금은 붉은 하늘 밑에서 분홍빛을 띠었습니다. 머리가 짓눌리는 느낌이었고, 호흡도 상당히 가빠졌습니다. 살면서 딱 한 번 높은 산에 올라 본 적이 있는데 그때의 느낌이 떠오르면서 우리 시대보다 공기가 희박해진 모양이라고 판단했습니다.

황량한 비탈을 따라 저 위쪽에서 날카로운 비명 소리가 들렸고, 거대한 흰나비 같은 것이 비스듬히 날갯짓을 하며 하늘로 날아올라 원을 그리고는 나지막한 언덕 너머로 사라지는 게 보였습니다. 그 소리가 너무 음산해서 몸서리를 치고는 자세를 더 안정되게 고쳐 앉았습니다. 다시 주변을 둘러보는데 상당히 가까운 곳에서 불그스름한 바윗덩어리인 줄 알았던 것이 천천히 다가오는 것이었습니다.

**그제야 그것이
게처럼 생긴 괴물 생명체
라는 걸 알았습니다.**

저기 저 탁자만 한 몸에 달린 여러 개의 다리를 천천히 움직이며 큼지막한 집게발을 흔들어 대고, 긴 더듬이는 마부의 채찍처럼 휘두르면서 금속 같은 얼굴 양쪽으로 튀어나온 눈알을 번득이는 그런 게를 상상할 수 있으신가요? 등은 골이 패여 있고, 흉측한 돌기들이 우툴두툴했으며, 푸르스름한 딱지가 여기저기 얼룩처럼 붙

어 있었습니다. 놈이 움직이자 복잡한 주둥이에 달린 수많은 촉수가 나풀거리며 주변을 감지하는 게 보였습니다.

나를 향해 기어 오는 그 흉물스러운 괴물을 물끄러미 바라보는데, 마치 파리가 앉은 것처럼 뺨이 간질간질한 느낌이 들더군요. 손으로 털어 내려 했지만 금세 다시 내려앉았고, 거의 동시에 귓가에도 또 한 마리가 달라붙었습니다. 찰싹 내리쳤더니 뭔가 실 같은 게 잡혔습니다. 그러더니 순식간에 손에서 떨어져 나가는 거예요. 오싹하고 불길한 마음에 몸을 돌렸는데, 내가 잡아챈 건 바로 내 뒤에 있던 또 다른 괴물 게의 더듬이였습니다. 놈은 자루 끝에 달린 사악한 눈알을 굴리며 생기 넘치게 입맛을 다셨고, 해조류의 점액질이 덕지덕지 묻은 크고 볼썽사나운 집게발로 나를 덮치려 했습니다. 나는 곧바로 레버를 움직여서 이 괴물들과 한 달의 거리를 벌렸습니다. 하지만 나는 여전히 그 해변에 있었고, 멈추자마자 놈들이 또렷하게 보였습니다. 빛이 음산한 가운데 진녹색의 잎사귀들 사이로 수십 마리가 이리저리 기어 다니고 있었습니다.

세계를 뒤덮은 그 지독하게 황량한 느낌은 표현할 방법이 없습니다. 붉은 동녘 하늘, 북쪽의 암흑, 소금투성이 사해, 이 이상하고 느릿한 괴물들이 우글거리는 돌투성이 해변, 독을 품은 듯한 지의류의 단조로운 녹색, 폐를 압박하는 희박한 공기. 이 모든 것이 섬뜩했습니다. 100년을 이동했더니, 조금 더 크고 약간 둔탁하기는 해도 붉은 태양이 여전했고, 죽어 가는 바다와 서늘한 공기, 녹색의 해초와 붉은 바위 틈을 들락거리며 기어 다니는 거친 갑각류도 똑같았습니다.

그리고 새 하늘에는 거대한 초승달처럼 생긴 창백한 곡선이 보였습니다.

동물이 살아 있다는 흔적이 남아 있는지 주변을 살펴봤습니다. 뭐라 표현할 수 없는 불안감에 나는 타임머신을 떠나지 않았습니다. 하지만 땅이나 하늘, 그리고 바다 어디에서도 움직이는 것은 전혀 보이지 않았습니다. 바위에 붙은 녹색의 점액질만이 생명체가 멸종하지 않았다는 증거였습니다. 얕은 모래톱이 바다에 드러났고 바닷물은 해변을 빠져나가고 없었습니다. 이 모래톱에서 뭔가 검은 물체가 퍼덕이는 듯했지만, 움직이지 않아서 내가 잘못 봤다고 생각했습니다. 하늘의 별빛은 강렬할 정도로 밝았고, 거의 깜빡이지 않는 것 같았습니다.

문득 서쪽에 있는 해의 둥근 윤곽이 달라진 걸 알아차렸습니다. 둥근 곡선에 만처럼 움푹 들어간 부분이 있었습니다. 그리고 그게 점점 커지는 게 보였습니다. 나는 잠시 동안 너무 놀라서 태양을 덮는 이 암흑을 바라보았습니다. 그러다가 일식이 시작되고 있다는 걸 깨달았습니다. 달이나 수성이 태양을 가로지르고 있었던 겁니다. 처음에는 당연히 그게 달이라고 생각했지만, 내가 실제로 본 건 내행성이 지구와 아주 가까운 곳을 지나는 것이었다고 믿고 싶어집니다.

어둠이 빠르게 찾아왔습니다. 차가운 바람이 동쪽에서 세차게 불어오기 시작했고, 쏟아지는 하얀 눈송이도 늘어났습니다. 바닷가에서는 잔물결이 찰랑거리는 소리가 들려왔습니다. 생명 없는 것들이 내는 소리를 제외하면 세상은 고요했습니다. 고요하다? 이 말로는 그 적막함을 담아내기 힘들 겁니다. 인간이 내는 소리들, 양의 울음소리, 새들의 노랫소리, 벌레들의 윙윙거림 등 우리 삶을 이루는 소리가 모두 사라졌습니다. 어둠이 짙어 가고 눈송이들이 소용돌이치며 춤을 추었고 공기는 더 차가워졌습니다. 마침내 먼 언덕의 흰 봉우리들이 빠르게 어둠 속으로 자취를 감췄습니다. 일식의 검은 그림자가 나를 향해 몰려오는 게 보였습니다. 그러더니

어느 순간 창백한 별들만 보이더군요. 그 외에는 전부 빛이 없는 암흑이었습니다.

**하늘은 완벽한 검은색이었습니다.**

이 거대한

암흑의

공포가

나를

짓눌렀습니다.

뼛속에 사무치는 추위, 숨 쉴 때마다 느껴지는 고통이 나를 압도했습니다. 몸이 덜덜 떨리고 속이 뒤집힐 것 같은 구역질이 올라왔습니다. 그때 태양의 가장자리가 빨갛게 달아오른 활처럼 하늘에 드러났습니다. 나는 기운을 차리려고 타임머신에서 내렸습니다. 현기증이 나서 돌아가는 여행을 감당할 수 없을 것 같았거든요. 구역질이 나고 혼미한 상태로 서 있는데, 다시 한번 모래톱에서 빨간 바닷물을 배경으로 뭔가 움직이는 것이 보였고, 이번에는 잘못 본 게 아니었습니다. 그 둥그스름한 것의 크기는 축구공만 하거나 더 컸고, 촉수들을 늘어뜨리고 있었습니다. 넘실대는 핏빛 바다를 배경으로 검게 보이는 그것은 한 번씩 느닷없이 튀어 올랐습니다. 기절할 것 같은 느낌이 들었습니다. 하지만 그 먼 미래의 황량한 황혼 속에 힘없이 누워 있을 생각을 하니 끔찍하게 두려웠고, 안장에 오르는 동안 나를 지탱해 준 것은 바로 그 두려움이었습니다.

# XV

# THE TIME TRAVELLER'S RETURN

## 시간 여행자의 귀환

그래서 나는 돌아왔습니다. 아마 한동안 타임머신에서 정신을 잃고 있었을 겁니다. 낮과 밤이 바뀌는 깜빡임이 다시 시작되었고, 태양은 다시 황금빛으로 변했으며, 하늘은 파란색이 되었습니다. 숨을 쉬는 것도 한결 수월해졌죠. 땅의 윤곽은 밀물과 썰물이 오가듯 요동쳤습니다. 문자판의 바늘이 뒤로 돌아갔습니다. 마침내 집들의 희미한 그림자들을 다시 보게 되었는데, 쇠퇴기에 접어든 인류의 증거였죠. 이것들도 변하면서 지나갔고, 또 다른 것들이 나타났습니다. 이윽고 100만 단위의 문자판이 0이 되었을 때 나는 속도를 늦췄습니다. 내가 알아볼 수 있는 우리 시대의 아름답고 익숙한 건축물들이 나타나기 시작했고, 1,000 단위의 바늘이 출발점으로 돌아오고, 밤낮의 교대 속도가 점점 느려졌습니다. 그리고 연구실의 익숙한 벽이 다시 나를 에워쌌습니다. 그제야 나는 아주 천천히 기계의 속도를 늦췄죠.

그런데 희한한 것을 한 가지 발견했습니다. 출발하면서 속도가 아주 빨라지기 전에 워쳇 부인이 방을 가로질렀는데, 그 모습이 나한테는 로켓이 날아가는 것처럼 보였다는 얘기는 앞에서 이미 했죠. 돌아왔을 때 나는 부인이 연구실을 가로지르는 그 순간을 다시 통과했습니다. 그런데 이번에는 그녀의 모든 동작이 지난번의 동작을 고스란히 뒤집어 놓은 것처럼 보였습니다. 아래쪽의 문이 열리고 부인이 뒷걸음으로 미끄러지듯 조용히 연구실로 들어왔다가 지난번에 들어왔던 그 문으로 나간 겁니다. 그 직전에 힐리어를 잠깐 본 것 같았지만, 그는 순식간에 지나갔습니다.

그제야 타임머신을 멈추고, 정겹고 익숙한 연구실을 다시 한번 살펴봤습니다. 공구며 장비들은 내가 떠날 때 그대로였습니다. 나는 몹시 휘청거리며 타임머신에서 내려와 작업대에 앉았습니다.

**몇 분 동안이나 몸이 격렬하게 떨렸습니다.**

그러다가 차츰 진정이 되었죠. 다시 봐도 예전 그대로인 연구실이었습니다. 어쩌면 그곳에서 잠이 들었고, 그 모든 게 꿈이었을지도 모릅니다.

하지만 완전히 똑같지가 않았어요! 타임머신은 연구실의 남동쪽 모서리에서 출발했거든요. 돌아왔을 때는 북동쪽, 그러니까 여러분이 본 그쪽 벽을 등지고 멈췄습니다. 그건 작은 잔디밭에서 흰색 스핑크스의 받침대, 몰록들이 내 타임머신을

가져다 놓은 그곳까지의 거리와 정확하게 일치합니다.

한동안 머리가 잘 돌아가지 않았습니다. 그러다 마침내 일어나서 복도를 지나 여기로 왔는데, 발꿈치가 여전히 아파서 다리를 절뚝거렸고, 몸은 오물투성이가 된 느낌이었죠. 문 옆 탁자 위에 〈펠멜 가제트〉 신문이 놓여 있어서 날짜가 오늘인 걸 알았고, 시계를 보니 8시가 가까워 오는 시각이더군요. 여러분의 목소리가 들리고, 접시가 달그락거리는 소리도 들렸습니다. 속이 너무 울렁거리고 기운이 없었던 터라 조금 주저했습니다. 그러다가 좋은 고기의 맛있는 냄새에 이끌려 여러분이 계신 방문을 열었습니다. 그 이후의 이야기는 아시는 대로입니다.

나는 몸을 씻고 내려와서 저녁을 먹었고, 이렇게 여러분께 이야기를 하고 있는 겁니다.

# XVI

"잘 압니다." 시간 여행자는 잠시 쉬었다가 말을 이었다. "여러분한테 이 모든 얘기가 얼마나 허무맹랑할지. 하지만 나도 내가 오늘 밤 여기 이 익숙하고 정겨운 방에서 여러분의 다정한 얼굴을 들여다보며 기이한 모험담을 들려주고 있다는 사실이 믿기지 않습니다." 그는 의사를 쳐다봤다. "그래요. 당신이 그걸 믿으리라고는 기대하지 않습니다. 거짓말, 아니면 예언 정도로 여기세요. 내가 연구실에서 꿈을 꾼 거라고 말하세요. 인류의 미래를 추측해 보다가 이런 이야기를 지어냈다고 생각하세요. 이게 진실이라는 내 주장을 그저 흥미를 높이기 위한 술수쯤으로 취급하세요. 그래서 그게 지어낸 이야기라 치고, 들어 보신 소감이 어떠신가요?"

시간 여행자는 파이프를 집더니 손에 익은 익숙한 태도로 벽난로의 가로대를 신경질적으로 두드리기 시작했다. 잠시 침묵이 흘렀다. 그러다 의자가 삐걱이고, 구두가 카펫을 문지르는 소리들이 들려왔다. 나는 시간 여행자의 얼굴에서 눈을 돌려 사람들을 둘러봤다. 그들은 어둠 속에 앉아 있었고, 색색의 작은 점들이 그 앞을 떠다녔다. 의사는 시간 여행자에 대해 골똘히 생각하는 눈치였다. 편집장은 시가 끄트머리만 뚫어져라 쳐다봤는데, 벌써 여섯 대째였다. 신문 기자는 시계를 만지작거렸다. 내가 기억하기에 나머지 사람들은 꼼짝도 하지 않았다.

편집장이 한숨을 쉬며 자리에서 일어났다. "당신이 소설가가 아니라니 정말 안타깝군요!" 그는 한 손을 시간 여행자의 어깨에 얹으며 말했다.

"내 얘기를 믿지 않는 겁니까?"

"글쎄요."

"그럴 거라고 생각했습니다."

시간 여행자는 우리를 향해 몸을 돌렸다. "성냥이 어디 있죠?" 그는 성냥을 긋고는 파이프를 빼끔거리며 말했다. "솔직히 말하자면…… 나 자신도 좀처럼 믿기 힘들어요. 그렇지만……."

그는 조용히 질문을 담은 눈빛으로 탁자 위에 놓인 시든 흰 꽃을 바라보았다. 그러더니 파이프를 쥔 손을 뒤집어 손가락 마디의 반쯤 아문 상처를 들여다봤다.

의사가 일어나서 램프로 다가가더니 꽃들을 살펴봤다. "암술이 희한하군." 그가 말했다. 심리학자도 꽃을 향해 손을 내밀며 자세히 보려고 몸을 기울였다.

"이런 세상에, 벌써 1시 15분 전이네." 편집장이 말했다. "집에는 어떻게 간담?"

"역에 가면 승합 마차가 많아요." 심리학자가 말했다.

"별난 꽃이야." 의사가 말했다. "하지만 분류상 어디에 속하는지는 확실히 모르겠네. 이걸 내가 좀 가져가도 될까?"

시간 여행자는 머뭇거리더니 불쑥 내뱉었다. "물론 안 되죠."

"이걸 정말로 어디서 구한 건가?" 의사가 물었다.

시간 여행자는 손으로 머리를 짚었다. 그러고는 가물가물한 어떤 생각을 붙잡으

려고 애쓰는 사람처럼 말했다. "시간 여행을 떠났을 때 위나가 내 주머니에 넣어 줬습니다." 그는 방을 둘러봤다. "그게 전부 사실이 아닐 수는 없어요. 이 방과 여러분과 그 모든 날들의 상황들까지 기억에 담아내기에는 너무 버겁습니다. 내가 타임머신을 만들기는 했나요? 아니면 타임머신의 모형만 만든 건가요? 아니면 이 모든 게 그저 꿈일 뿐인가요? 인생은 꿈이라고들 하죠. 가끔은 소중하고 안쓰러운 꿈. 하지만 앞뒤가 들어맞지 않는 꿈은 더 이상 참을 수 없습니다. 그건 광기예요.

**하지만 그 꿈은 어디서 나왔죠?……**
**그 기계를 한번 봐야겠어요.**
**그게 실제로 있다면!"**

그는 램프를 냅다 움켜쥐더니 그걸 들고는 붉은빛을 휘날리며 문을 지나 복도로 나갔다. 우리는 그 뒤를 따랐다. 깜빡이는 불빛 속에 타임머신이 분명히 있었다. 황동과 흑단과 상아, 그리고 희미한 빛을 내는 반투명 석영으로 만들어진 기계가 땅

딸막하고 흉한 몰골로 비스듬히 놓여 있었다. 손을 뻗어서 가로대를 만져 보니 촉감이 단단했고, 상아에는 갈색 반점과 얼룩이, 아랫부분에는 풀과 이끼가 조금씩 묻어 있었다. 한쪽 가로대는 비스듬히 구부러진 상태였다.

시간 여행자는 램프를 작업대에 내려놓고 망가진 가로대를 손으로 쓸었다. "이제 됐습니다." 그가 말했다. "내가 한 이야기는 사실이었어요. 추운데 여러분들을 여기로 데려와서 미안합니다." 그는 램프를 집어 들었고, 우리는 어느 누구도 입을 열지 않은 채 흡연실로 돌아왔다.

그는 우리를 따라 현관으로 나왔고 편집장이 외투를 입는 걸 도와주었다. 의사는 그의 얼굴을 들여다보며 조금 머뭇거리는 투로 과로에 시달리는 것 같다고 말했다. 그러자 그는 너털웃음을 터뜨렸다. 현관에 서서 큰 소리로 잘 가라고 인사를 하던 그의 모습이 기억난다.

나는 편집장과 같은 마차를 탔다. 편집장은 그의 이야기를 "번지르르한 거짓말"이라고 생각했다. 나는 뭐라고 결론을 내릴 수 없었다. 그의 이야기는 매우 환상적이고 놀라웠으며, 말투는 믿음이 가고 진지했다. 나는 그 생각을 하느라 밤새 잠을 이루지 못했다. 다음 날 시간 여행자를 다시 만나 봐야겠다고 결심했다. 갔더니 그는 연구실에 있다고 했다. 집의 구조를 잘 아는 터라 혼자 알아서 찾아갔다. 하지만 연구실은 비어 있었다. 나는 잠시 타임머신을 바라보다가 손을 뻗어서 레버를 만져봤다. 그러자 땅딸막하고 묵직해 보이는 덩어리가 바람에 흔들리는 나뭇가지처럼 들썩였다. 너무 불안정해서 깜짝 놀랐고, 남의 물건에 손대지 말라고 주의를 들었던 어린 시절이 떠오르면서 기분이 묘했다. 나는 다시 복도로 나왔고, 흡연실에서 시간 여행자를 만났다. 그는 본채에서 나오는 길이었다. 한쪽 겨드랑이에 작은 카메라를 끼고 다른 쪽에는 배낭을 들었다. 그는 나를 보고 소리 내어 웃더니 팔꿈치를 대신 내밀며 악수를 청했다. "정신없이 바쁘다네. 저기 있는 저 기계 때문에." 그가 말했다.

"하지만 정말 속임수가 아닌 건가?" 내가 말했다. "정말로 시간 여행을 하는 거야?"

"정말로 진짜라네." 그는 숨김없는 표정으로 내 눈을 들여다봤다. 그러고는 머뭇거렸고, 눈으로 방을 훑었다. "30분만 기다려 주게." 그가 말했다. "자네가 왜 왔는지 잘 알고, 너무나 고맙게 생각하네. 저기 잡지가 있어. 점심을 먹고 간다면 시간 여행과 관련된 모든 것을 증거까지 전부 완벽하게 입증해 보이겠네. 잠깐 실례해도 되겠나?"

그때는 그 말의 온전한 의미를 이해하지 못했지만 어쨌거나 동의했고, 그는 고개를 끄덕이고는 복도를 따라 걸어 나갔다. 연구실 문이 쾅 소리를 내며 닫혔고, 나는 의자에 앉아 신문을 펼쳤다. 점심때까지 그는 뭘 하려는 걸까? 그때 어떤 광고를 보고 불현듯 출판업자인 리처드슨과 두 시에 만나기로 했던 약속이 기억났다. 시계를 보니 간신히 시간에 맞출 수 있을 것 같았다. 나는 자리에서 일어나

이 사실을 시간 여행자에게 알리기 위해 복도를 따라갔다.

문고리를 잡는 순간 묘하게 끝이 잘려 나간 듯한 외마디 외침에 이어 딸깍거리는 소리와 쿵 소리가 잇따라 들려왔다. 문을 여는데 한 줄기 돌풍이 나를 휘감았고, 유리가 깨져서 바닥에 떨어지는 소리가 안쪽에서 들려왔다. 그곳에 시간 여행자는 없었다. 빙빙 도는 검은색과 구릿빛 덩어리 안에 유령처럼 불분명한 형체가 앉아 있는 걸 본 듯도 싶었다. 그 형체는 너무 투명해서 뒤쪽의 작업대와 그 위에 놓인 도면까지 또렷이 보일 정도였다. 하지만 눈을 비비는 사이에 그 환영은 자취를 감췄다. 타임머신도 사라지고 없었다. 일어났던 먼지가 가라앉은 걸 제외하면 연구실의 안쪽 끝은 텅 비어 있었다. 조금 전에 깨진 건 천장의 유리였던 모양이었다.

어안이 벙벙했다. 뭔가 이상한 일이 벌어졌다는 걸 알 수 있었지만, 그 순간에는 그 이상한 일이라는 게 뭔지 제대로 인식할 수 없었다. 멍하니 쳐다보며 서 있는데, 정원으로 통하는 문이 열리고 하인이 나타났다.

우리는 서로 얼굴을 마주 봤다. 그제야 생각이 떠오르기 시작했다. "주인이 그쪽으로 나가셨나?" 내가 물었다.

"아닙니다. 이쪽으로는 아무도 나오시지 않으셨습니다. 저는 나리가 여기 계신 줄 알았는데요."

그제야 나는 알았다. 리처드슨을 실망시켜야 했지만 나는 그곳에 남아 시간 여행자를 기다렸다. 첫 번째보다 더 신기할 두 번째 이야기를, 그가 가져올 증거와 사진들을 기다렸다. 하지만 이제 평생을 기다려야 할지 모른다는 두려운 생각이 들기 시작한다. 시간 여행자가 사라진 건 3년 전이다. 그리고 이제 모든 사람들이 알고 있듯이,

그는 아직
돌아오지 않았다.

# Epilogue

## 뒷이야기

누구라도 궁금하지 않을 수 없다. 그는 과연 돌아올까? 그는 과거로 향했다가 피에 굶주린 털북숭이 구석기 시대 야만인들 사이에, 또는 백악기 중생대를 셋으로 나눈 것 중 마지막 시대의 깊은 바닷속에, 아니면 쥐라기 중생대의 두 번째 시기의 거대하고 잔인한 파충류들 사이에 떨어졌을지도 모른다.

[illegible]

플레시오사우루스 쥐라기에 살았던 거대한 바다 파충류가 출몰하는, 물고기 알처럼 생긴 석회암 산호초나 트라이아스기 중생대의 첫 번째 시기의 쓸쓸한 바닷가를 헤매고 있을지도 모른다. 아니면 미래로 갔을까? 인간이 아직 인간성을 유지하면서도 우리 시대의 수수께끼에 해답을 찾고 진절머리 나는 문제들을 해결한 가까운 미래, 인류가 성숙한 성년에 이른 그때로? 왜냐하면 나로서는 불충분한 실험과 단편적인 이론 속에서 서로 화합하지 못하는 지금 이 시대가 인류의 전성기라고는 생각할 수 없기 때문이다! 말했듯이, 이건 내 생각이다.
그는 인류의 발전을 암울하게 생각했고, 문명을 쌓아 올리는 것이 어리석은 축적일 뿐이라고 생각했다. 내가 이것을 아는 이유는 그가 타임머신을 만들기 훨씬 전에 우리가 이 문제를 놓고 토의한 적이 있기 때문이다. 그는 축적된 문명은 필연적으로 무너질 수밖에 없고,

## 마침내 그걸 만든 사람들을 파괴할 거라고 생각했다.

만약 그렇더라도 우리로서는 그렇지 않은 것처럼 살아가는 수밖에 없다. 하지만 내게 미래는 여전히 검은 공백이며, 그의 이야기를 들었던 기억으로 몇 곳에 불이 켜졌을 뿐 그저 거대한 미지의 세계일 뿐이다. 그리고 그 이상한 흰 꽃 두 송이는 마음의 위안 삼아 내가 가지고 있다. 그 꽃들은 이제 갈색으로 시들어서 바스러질 지경이지만, 인류의 지성과 힘이 사라지더라도 감사하는 마음과 서로를 아끼는 마음이 여전히 인간의 가슴속에 살아 있을 거라는 증거이기 때문이다.

# HERBERT GEORGE WELLS TIMELINE

## 허버트 조지 웰스 연표

| | |
|---|---|
| **1866년** | 9월 21일 영국 켄트주에서 가난한 크리켓 선수의 아들로 태어남. |
| **1880~3년** | 가난한 집안 형편 때문에 학교를 그만둠.<br>포목상 수습 점원, 초등학교 교생, 약제사 조수 등으로 일하며 불운한 시기를 보냄.<br>1883년에 미드허스트 문법 학교의 보조 교사로 고용됨. |
| **1884년** | 사우스켄싱턴의 과학 사범 학교에 국비 장학생으로 입학함.<br>다윈의 진화론을 지지한 생물학자 토머스 헉슬리의 강의를 들으며, 많은 영향을 받음. |
| **1887년** | 학위를 받지 못한 채 사범 학교를 떠남.<br>웨일스 북부에 있는 사립 학교의 과학 교사가 되었으나, 축구장에서 학생과 부딪혀 다치는 바람에 학교를 그만둠. |
| **1890년** | 다시 공부를 시작해 런던 대학을 졸업함.<br>통신 대학에서 생물학 강사로 일하면서 본격적으로 글을 쓰기 시작함.<br>일생 동안 100권이 넘는 작품을 씀. |
| **1891년** | 사촌 이자벨과 결혼. 그러나 얼마 뒤 자신의 학생인 에이미 캐서린 |

로빈슨과 사랑에 빠짐.
1895년에 이자벨과 이혼하고 에이미와 결혼함.

**1893년** 첫 번째 저서인 《생물학 교본》을 출간.
이즈음 건강이 악화되어 강사직을 그만두고 전업 작가가 됨.

**1895년** 《타임머신》 출간.

**1896년** 《모로 박사의 섬》 출간.

**1897년** 《투명 인간》 출간.

**1898년** 《우주 전쟁》 출간.

**1901년** 《달 세계 최초의 인류》 출간.

**1903년** 사회주의 단체인 페이비언 협회에 가입.

**1905년** 《킵스》 출간.

**1909년** 《토노 번게이》 출간.

**1920년** 베스트셀러 역사물인 《세계사 대계》 출간.

**1926년** 《윌리엄 클리솔드의 세계》 출간.

**1945년** 마지막 저서인 《정신의 한계》 출간.

**1946년** 8월 13일 런던에 있는 자택에서 사망.

# ABOUT THE ILLUSTRATOR

## 알레+알레

알레+알레(ALE+ALE)는 알레산드로 레시스와 알레산드라 판제리가 함께 사용하는 명칭이며, 이탈리아 출신의 일러스트레이터인 두 사람은 2000년부터 함께 작업을 해 왔습니다. 두 사람은 신문에서 잘라 낸 스크랩과 천, 환상적인 그림과 꿈을 결합해서 가상의 현실을 그럴듯하게 구현하는 작업을 즐겨 합니다. 그들의 예술 세계는 현실에 대한 초현실적인 해석이며, 그들의 우주는 몽타주와 포토샵, 디지털과 수작업 콜라주, 아크릴을 비롯한 여러 재료의 드로잉으로 완성됩니다. 두 사람은 국제적인 상을 여러 차례 수상했고, 세계 각국의 출판사와 잡지사, 광고 회사 등과 많은 작업을 하고 있습니다.

그들은 지구라는 행성을 도는 우주선에서 살며 작업을 하고 있지만, 텔레포트를 이용하면 파리에서 그들을 만나는 것도 가능합니다.

http://www.aleplusale.com

아르볼 N 클래식

# THE TIME MACHINE 타임머신

**1판 1쇄 인쇄** 2020년 5월 10일 | **1판 1쇄 발행** 2020년 5월 20일

**글** 허버트 조지 웰스 | **그림** 알레+알레 | **옮김** 강수정
**펴낸이** 권준구 | **펴낸곳** (주)지학사
**본부장** 황홍규 | **편집장** 박미영 | **팀장** 김은영 | **편집** 문지연 김솔지 | **디자인** 이혜리
**제작** 김현정 이진형 강석준 방연주 | **마케팅** 송성만 손정빈 윤술옥 이예현
**등록** 2010년 1월 29일(제313-2010-24호) | **주소** 서울시 마포구 신촌로6길 5
**전화** 02.330.5297 | **팩스** 02.3141.4488 | **이메일** arbolbooks@naver.com
ISBN 979-11-6204-087-4 03840
잘못된 책은 구입하신 곳에서 바꿔 드립니다.

이 도서의 국립중앙도서관 출판예정도서목록(CIP)은 서지정보유통지원시스템 홈페이지(http://seoji.nl.go.kr)와
국가자료종합목록 구축시스템(http://kolis-net.nl.go.kr)에서 이용하실 수 있습니다. (CIP제어번호 : CIP2020017519)

**제조국** 대한민국 **사용연령** 10세 이상
KC마크는 이 제품이 공통안전기준에 적합하였음을 의미합니다.